世界神话与传说丛书

ROMANIAN MYTHS & LEGENDS

罗马尼亚神话与传说

【英】摩西·加斯特 编著
【英】查尔斯·埃德蒙·布洛克 绘

中央编译出版社

图书在版编目(CIP)数据

罗马尼亚神话与传说/(英)摩西·加斯特编著;孙晓颖译.—北京:中央编译出版社,2023.3

(世界神话与传说)

ISBN 978-7-5117-4172-1

Ⅰ.①罗… Ⅱ.①摩…②孙… Ⅲ.①神话—作品集—罗马尼亚 Ⅳ.①I542.73

中国版本图书馆CIP数据核字(2022)第080140号

罗马尼亚神话与传说

选题策划	张远航
责任编辑	赵可佳
责任印制	刘 慧
出版发行	中央编译出版社
地　　址	北京市海淀区北四环西路69号(100080)
电　　话	(010)55627391(总编室)　(010)55627362(编辑室) (010)55627320(发行部)　(010)55627377(新技术部)
经　　销	全国新华书店
印　　刷	北京雅昌艺术印刷有限公司
开　　本	670毫米×889毫米 1/16
字　　数	103千字
印　　张	12
版　　次	2023年3月第1版
印　　次	2023年3月第1次印刷
定　　价	58.00元

新浪微博:@中央编译出版社　　微　信:中央编译出版社(ID:cctphome)
淘宝店铺:中央编译出版社直销店(http://shop108367160.taobao.com)(010)55627331

本社常年法律顾问:北京市吴栾赵阎律师事务所律师　闫军　梁勤
凡有印装质量问题,本社负责调换,电话:(010)55626985

序 言

  本书是迄今为止第一部英文版罗马尼亚传说故事集，讲述了一些罗马尼亚民间广为流传的故事。本书作品主要取自《斯坦塞斯库选集》《伊斯匹列斯库选集》《伊昂·克里安格选集》和其他作者的作品集。之所以选择这些作品入册，一方面基于这些作品可以给予读者内在的美感，另一方面是因为这些作品凝聚了鲜明的罗马尼亚特色，成为世界民间文学的独特瑰宝。与其他类似作品相比，它们几乎是世界上独一无二的杰作，我们很难在其他地方找到类似的文学作品。

  在本译作中，我尽可能地遵从原著，同时保持了原著简洁的风格和人物形象的美感。我希望这些故事能够受到英语读者的喜爱，如同它们一直深受罗马尼亚本国人民喜爱一样，得以深入人心。

摩西·加斯特

目　录

老鹰苏尔	001
阿拉普什卡王国的黑女王	022
好运与厄运	036
花朵骑士	051
聪明的王后	080
小王子苏克纳·穆尔加	091
小弟弟比特	118
角挂丝质吊床的雄鹿	137
没胡子和红头发	149
勇士米歇尔	156
萤火虫、天使与少女的传说	161
大天使加百利和修道士	166
乌鸦和布谷鸟	173
鹧鸪鸟、狐狸和猎狗的故事	179

老鹰苏尔

很久很久以前,在一个老鼠吃猫、小矮人战败大巨人的古老年代里,有这样一个真实的故事。故事要从世界百鸟之王在地上撒下的那五斗稻谷说起。鸟王撒完稻谷后,吹响了集结的号角。他打算把鸟儿们召集到一起,希望他们可以一起捡拾谷物,分享果实。

鸟儿们听到国王的号角声,立刻从四面八方飞过来。他们像鸟王期望的那样亲密地分享着谷物。可是,不知道什么原因,有一粒谷子被遗忘在地上。大家刚一发现,就都飞过去抢食。先飞过来的一只说谷子是自己的,后飞过来的也说谷子是自己的,打成一片。百鸟就此爆发了一场前所未有的战争。即便是从混战中落荒而逃的鸟儿们,也都被打得遍体鳞伤,肢体残缺不全,更不用提那些当场战死的。战

老鹰苏尔

场上到处都是散落的羽毛。有一只来自另一个世界的魔法老鹰苏尔也参与了这场争斗。在战斗即将进入尾声时,他的翅膀受了伤。于是,他带着受伤的翅膀迅速退出了战场,缓慢地抖动着翅膀飞到一片茂密的森林里。在那里,到处是树干粗壮的大树,一个人根本抱不过来。树木又高大又浓密,即使一个长了六只眼的人也望不到森林的尽头。苏尔来到靠近森林边上的一棵大树旁,找了一根树枝栖息。

刚在树枝上站稳,他就看见一个猎人向自己走过来,准备射杀他。

"嘿!伙计,别开枪,轻轻把我抱下来,带回家吧。等我养好伤,我迟早会报答你的。"

猎人听到这只鸟会讲话,就放下猎枪,想听苏尔把话讲完。

苏尔刚说完,他又举起枪,瞄准苏尔。

"嘿,好心人,把枪放下!你最好想明白,我对你可毫无恶意。"这只老鹰不停地说啊说。当他第三次开口说话时,猎人决定放过他。于是,他把苏尔从树上抱下来,小心翼翼地把他带回家。

猎人想:"谁知道呢,或许这只神奇的鸟可以给我带来好运,他可是会讲话呢。"

到家后,他帮助苏尔把受伤的翅膀打上石膏,想方设法地帮助这只可怜的老鹰疗伤。

打完石膏，苏尔想吃点东西，于是他恳请猎人杀掉一头牛。然后，他就吃掉了整头牛。

第二天，苏尔再次恳请猎人杀掉一头牛给他吃。

"这倒是没什么，亲爱的老鹰，"猎人说，"但如果我一天杀一头牛，我很快就会变成穷光蛋。"

"没关系，"老鹰说，"我心里有数，别担心。如果你不按我说的做，我就帮不了你了。"

"好吧，但是……"猎人若有所思地问，"我还要杀多久啊？"

不过，他还是坚持每天杀死一头牛喂老鹰，直到杀掉最后一头牛。接下来该怎么办呢？他已经无计可施了。

在猎人杀掉最后一头牛的那天，老鹰苏尔让他在土地中央竖起一根五十英尺①高的杆子，再把它插到一英尺深的土里。一切准备完毕，老鹰苏尔便飞上去，用爪子紧紧地抓住顶端，然后又飞到空中盘旋。老鹰越飞越高，越飞越远，很快便消失在猎人的视线中。

---

① 1英尺=30.48厘米。

老鹰苏尔

猎人望空兴叹:"看看,看看吧!我可真是个傻瓜,他把我的牛都吃光了,然后就跑掉了。"猎人懊恼地挠着头。正在此时,他听到背后传来一声呼啸,转身一看,老鹰苏尔像一道闪电似的俯冲下来,把杆子深深地插进土里,又用胸口狠狠地撞了撞。然后,他转向猎人说:"我只是想测试一下自己的力量恢复得怎么样。现在,爬到我的背上来,让我们一起飞吧!"

他们越飞越高。在即将抵达暴风王国的时候,苏尔把猎人从背上抛了出去,让他在半空坠落,紧接着再迅速用爪子抓住他。就这样反反复复连抛带抓,再放回背上有三次,把猎人吓得半死。然后,苏尔对猎人说:"你曾经用猎枪瞄准我三次,让我经受了三次惊吓,现在我都如数奉还了。"

此后,他们又继续飞行了好长一段时间,来到一座金碧辉煌的宫殿前。宫殿散发着耀眼的光芒,晃得猎人几乎睁不开双眼。老鹰苏尔对他说:"这是我姐姐的宫殿,她以为我已经死了;你过去,以逝者亡灵的身份向她乞讨,祈求她把枕头下面的干果施舍给你。在她给你的时候,你要说:'愿上帝保佑你!愿这份礼物施恩给任何需要它的人!愿老鹰苏尔永生!'"

"好的,"猎人说,"我会做到的。"然后,他离开苏尔向宫殿走

老鹰苏尔

去。来到苏尔姐姐的宫殿,当他得到施舍时,他说道:"愿上帝保佑你!愿这份礼物施恩给任何需要它的人!愿老鹰苏尔永生!"

"什么!他还活着?"苏尔的姐姐满心欢喜地问,"如果是真的,他为什么不回来见我?他在哪儿?"

"他一定会回来的,"猎人说,"但你必须先把枕头底下的干果给我,他总有一天会回来的。他现在需要干果做点什么,只不过我不知道具体原因。"

"你的话毫无意义,"她回答,"我已经很久没有见过他了,我怀疑可能再也见不到他了。但无论如何,我是不会把干果给你的。"

猎人听了这番话,转身回去找到苏尔,并把他知道的和发生的一切告诉了苏尔。

"如果是这样,"老鹰苏尔说,"爬到我的背上来,去找我的哥哥。"他们又开始了飞行。到了苏尔哥哥家,猎人就从他的背上跳下来,向苏尔哥哥的宫殿走去。苏尔让猎人见到哥哥时重复之前对他姐姐说的那些话。苏尔的哥哥给了相同的答复:"我已经很久没有见过他了,我怀疑可能再也见不到他了。但无论如何,我是不会把干果给你的。"

老鹰苏尔发现哥哥也拒绝给他干果后,他们又来到了苏尔妻子

的宫殿。靠近宫殿的地方有一口深井，苏尔对猎人说："去拉动绞盘，让它发出吱吱声。她听到声音会出来问你是谁，你就说你是个善良的人，是老鹰苏尔让你来的。"

猎人走过去，拉动绞盘，绞盘吱吱作响，然后有个声音问："谁在那儿？我有一只带铁钉和钢牙的狗，如果把它放出去，它会把你撕成碎片。"

"我是一个善良的人，是老鹰苏尔让我来的。"猎人回答。

宫殿里的女人听到苏尔的名字，立刻来到门口，邀请猎人进去。她摆好桌子，好吃好喝地款待猎人。然后，她向猎人打听关于她丈夫的消息。

"我带来了好消息，他现在又健康又强壮。尽管有一段时间，他的翅膀折断了。不过，现在他已经痊愈了，还让我来拿你枕头底下的干果。他需要这些干果，但我不知道要干什么用。"

妻子一听到他想要的，就说："即便我有生之年再也见不到他，我也会把干果给他。因为我知道，他可以用干果做很多事。"说完，她就把干果交给了猎人。

猎人拿到干果后，感谢她的盛情款待，并就此告别了苏尔的妻子。他起身离开，回到原地，把干果带给了老鹰苏尔。苏尔一拿到干

老鹰苏尔

果,立刻让他骑到自己的背上,带着他往回飞。尽管路途遥远,但苏尔飞行平稳,猎人感到又安全又舒服。

快到家的时候,猎人从老鹰的背上跳下来。老鹰对他说:"现在,听我说。拿着这个干果,如果你想要什么,你就用刀尖小心地把它划开,鸟啊、

牛啊、羊啊什么的就会从里面跳出来。你想卖掉多少就卖掉多少，想杀掉多少就杀掉多少，剩下的就用鞭子赶回去。"说完，他就把干果和鞭子递给猎人，然后离开他，缓缓地飞到空中，在他头顶盘旋了一会儿，就飞走了。老鹰越飞越远，直到消失得无影无踪。

　　老鹰苏尔刚走，猎人就赶紧把干果揣到怀里，把小鞭子放到背包里上路了。走了一会儿，他来到一片美丽的大森林，大树高耸入云，树枝交错，遮天蔽日，林间有一块郁郁葱葱的空地。最终，他来到一个洞口，并在一棵大橡树的树荫下坐了下来。他需要休息一下，因为之前的空中之旅实在是太累了。

　　不一会儿，猎人就睡着了，直到夕阳西下才醒过来。想着苏尔给他的坚果，他等不及回家，想看看到底有什么奇迹发生。他拿出坚果，用刀切开。你猜发生了什么？仿佛世界上所有的牛羊都从坚果里奔涌而出，牲畜多得足以填满整个林间空地。有长着一码[①]长角的公牛和奶牛，浑身上下长满丝绒一般羊毛的羊群，脾气暴躁的战马，骡子和驴，还有长着鹿角的雄鹿——各种各样的牲畜应有尽有。

---

① 1码≈0.9米。

当猎人看到这些财富时，欣喜若狂，他转身想拿出背包里的鞭子抽打这些牲畜，把它们赶回果壳。当然，他得先找到鞭子才行。他在背包里四处翻找，里里外外都翻遍了，但背包空空的——鞭子不见了！原来，在他睡觉的时候有个小偷经过，本想从他身上找点钱，但没找到，于是小偷拿走了鞭子聊以慰藉。现在，没了鞭子，这个可怜的猎人该拿这些牲畜怎么办呢？把它们赶回家吗？简直无法想象！怎么可能把这么多牲畜都赶回家呢？况且有些牲畜已经跑到森林里四处游荡去了。于是，猎人坐在一棵矮树桩上大哭起来，咒骂自己为什么会睡着。

正哭着，一个只有拇指大小的塔塔科特小矮人向他走过来。小矮人的胡子有一码长，骑在一只跛脚兔子的背上。他对猎人说："嗨，善良的人！我知道你遇到了什么烦心事儿。我可以帮你把牲畜们召集到一起，再把它们塞回果壳里。不过我有一个条件：你要把你家里的希望送给我。"

"我已经大祸临头了！"猎人气恼地说，"家里还有什么希望？"

"别担心！只要你答应我的要求，我就会帮你把它们送回果壳。"

"好吧，既然如此，"猎人说，"我把希望给你。"

罗马尼亚神话与传说

"很好,那么,成交。"小矮人说着,从胡子上拔下一根比小拇指还小的小鞭子,抽打了三下。不一会儿,所有牲畜都被赶回了果壳里。猎人收起坚果,揣进怀里,小矮人又把鞭子送给他以备不时之需。随后,小矮人就消失不见了。猎人继续独自赶路。当他来到一口井附近的时候,他看到一个身材魁梧、背着背包的年轻小伙子。猎人问他叫什么名字,要去哪里。

"我叫图达,我要去父亲让我去的地方。因为,他把我交给了一个塔塔科特小矮人。他留着长长的胡子,骑在一只跛脚的兔子背上。"说完,小伙子继续赶路。

猎人这才想起来,他离家的时候妻子已经怀孕,如今那个孩子应该早已出生了。难道家里的孩子就是塔塔科特小矮人所说的希望?他承诺的希望难道就是他的儿子?哦,真不知道家里到底发生了什么!

"难道我已经离家十六七年了!?"他惊呼。尽管他知道自己已经离家很久了,但他从未想到已经离开这么多年。猎人非常懊恼,他竟然把如此英俊的孩子送给那个丑陋的塔塔科特小矮人。他开始为自己的不幸遭遇痛哭流涕。他宁愿失去所有的牲畜,也不愿失去这个魁梧健壮的年轻人;如果有了年轻人的帮助,他很快就能轻松地挣到每

老鹰苏尔

天的面包钱。如今，他还能说什么？该发生的已经发生了。他只能继续赶路，不久就回到了自己的家。

年轻的图达经过一年多的长途跋涉才到达塔塔科特小矮人的家。小矮人立刻吩咐他干活。这个年轻人很能干，所做的一切都令塔塔科特小矮人感到非常满意。于是，他逐渐开始喜欢上了这个年轻人，处处维护他，并且愿意为他做任何他想做的事情。

然而，在塔塔科特王国附近有一座恶魔德拉古的庄园。德拉古有一个半魔半人的女儿，她的眼睛像熊熊的烈火一样闪闪发光，樱桃小嘴儿，脸颊红润，非常美貌，一点儿也不像她的父亲。毫无疑问，她的母亲一定是个人类。不过，她的母亲是谁并不重要，重要的是，图达深深地爱上了恶魔的女儿，只要一天见不到她，他就会倍感失落。

这个被吝啬、扭曲、又黑又丑的小恶魔们包围的女孩也深深地爱上了图达。他们都很清楚，老德拉古绝对不会同意他们的婚事。于是，他们决定私奔。一天晚上，图达带着老德拉古的女儿骑上小矮人为他们准备的白色战马，踏上了逃亡之路。

天亮时分，德拉古家族的老祖母发现孙女不见了，就赶紧打发她的儿子去追。当他快追上这对年轻人时，女孩也意识到不对劲，就赶紧让图达回头看看后面跟过来的是什么。图达对她说：

"后面有一只黑乌鸦正追过来。"

"是我那可怕的父亲！"女孩说，"我变成一座教堂，你变成一位站在教堂前的修道士。"

于是，他们立刻变身。黑乌鸦飞过来的时候，瞥了一眼教堂。因为恶魔是不能直视教堂的，所以他没有发现两个年轻人。他又往前飞了一会儿，还是没找到，只好垂头丧气地回家了。尽管折返的路上，乌鸦再次路过教堂，但他还是没能辨别出来。乌鸦飞走后，这对年轻人立刻变回人形，继续赶路。

德拉古回到家，告诉老母亲自己没有发现他们的踪迹，只看到一座小教堂和一个虔诚的修道士。老恶魔狠狠地给了儿子一个大耳光，打得他脑袋嗡嗡作响。你要知道，在所有的恶魔中，女恶魔比男恶魔还要狠毒，她们发脾气的时候，没有一个男恶魔能够与她们匹敌。

"这正是他俩，你这个废物！站起来，赶紧追过去，抓住他们。还等什么呢？把他们带回来，我要让他们知道逃跑的代价。"

德拉古听了母亲的话，再次启程追赶他们。当他快要追到的时候，女孩又对图达说：

老鹰苏尔

"回头看看追过来的是什么?"

"是一只黑喜鹊,正朝我们火速飞过来。"

"快,你变成护林人,我变成森林。"她喊道。于是,恶魔再一次错过他们。他又怎么会知道女孩变成了森林,男孩变成了护林人呢?他的能力可不及他的恶魔老母亲,凡事都能了如指掌。

于是,他又一次无功而返。母亲听完他的经历后,狠狠地朝他啐了口唾沫。然后,她裹上长长的披风,骑上一个研钵,敲了三下,立刻就跳到三个国家之外,远远地跑到那对青年男女的前面。

当女孩看到老祖母在追她，有点害怕。因为她很清楚，祖母是个狡猾又聪明的恶魔，但她不想屈从。于是，她把自己变成了一个湖底有三尺泥潭的湖泊，把图达变成了湖里游泳的公鸭。

当老恶魔来到这里，看到湖泊和公鸭，立马就认出这正是女孩和男孩。公鸭游到了湖中央，老恶魔怎么也抓不到他。因为女孩告诉过他，一定要游到湖中央，不管发生什么都不要靠近岸边。女孩还警告他，一定要闭上眼睛，否则老恶魔会把他掳走，所以千万千万不能睁开眼睛。

老恶魔想尽办法哄骗男孩变成的那只公鸭。她软硬兼施，还给了他很多好吃的虫子和一些好东西，但公鸭仍然待在湖中央，一动不动。

当她发现无法诱骗公鸭上岸时，这个老恶魔想到了什么办法呢？她突然转过身对公鸭说："你看看我，我才是真正的女恶魔，和你私奔的女孩只不过是半魔半人。"

男孩听到这番话，有点好奇，他很想看看真正的老恶魔长什么样，于是他转过身。在此之前，他只听过女恶魔的声音，但从没见过她。如今，他想睁开眼睛看一看。就在他的眼睛睁开的一刻，女

恶魔一把就抢走了他的双眼。男孩变成了盲人，女恶魔心满意足地离开了。

女恶魔刚走，女孩和男孩就立刻变回了人形。

"现在，你看看，"女孩说，"我警告过你不要睁开眼睛，你不听我的，现在你的眼睛没了。但愿我能帮你拿回来，你在这儿等着我，我回去把它们从老恶魔那里偷回来。"

老恶魔一路奔波劳累，想休息一下，于是就躺在森林附近靠近井边的树荫下睡着了。女孩悄悄走过来，看到她倒地沉睡后，轻轻扒开老恶魔那双紧握着眼球的手。她迅速取出眼球，把两块泥巴塞进老恶魔的手里。不久，老恶魔醒来后就往家走。刚进门，恶魔儿子就迫不及待地问她：

"你抓到他们了吗？你的战果如何呀？"

"我可不像你，你这个笨手笨脚的白痴。你以为我会和你一样空手而归吗？我挖走了男孩的双眼，你看，就在这里。"

当她张开双手想给儿子看时，却发现手里只剩下两块泥巴。

"这就是你夸夸其谈的丰功伟绩吗？"儿子嘲讽地说。

老恶魔看到手上的泥巴，惊得睁大眼睛，无言以对。

这时，这对年轻人已经安然无恙地逃过了恶魔的追击，不久他

老鹰苏尔

们就回到了图达的家。在那里,他们举行了盛大的婚礼,得到了无数男女老少的祝福。人们传说,基于这对父母的遗传,这对夫妇生了几个善良乖巧的孩子,也生了几个顽劣的孩子。但无论如何,图达和他的妻子都很长寿,他们白头偕老,过着幸福、快乐且富足的日子,直到最后。

阿拉普什卡王国的黑女王

以前从未发生过这样的事情。如果你很想知道到底发生了什么，那么，就由我来讲给你们听吧。

从前，有一位能力非凡的国王，他骁勇好战，一生都在四处征战，邻国没有一个是他的对手，都要向他俯首称臣。国王有三个儿子，其中一个儿子比另外两个更强壮、更英俊，他们三个都精通兵器。

有一天，父亲对他们说："我的时间不多了，是让灵魂归去的时候了。今后你们要继续征战邻国，扩大疆土，但你们要提防在日落王国边界处的阿拉普什卡女王。因为凡是去过那里的人没有活着回来的，只剩下一堆堆白骨留在那里。"

在给了他们慈父的忠告后,老国王就灵魂出窍,去世了。魂魄散去之后,王国由三兄弟共同掌管,他们彼此爱护,形影不离。不久,他们一起登上王位,并毫不犹豫地决定攻打阿拉普什卡王国的黑女王,因为他们认为父亲只不过是想吓唬吓唬他们。当他们望着远处的日落王国时,除了空旷的田野和荒地,什么也看不到。那里没有一座城镇、村庄,而且人迹罕至。于是,他们决定先由大哥率领军队攻打这个国家;如果发现大哥一年后没回来,二哥再带军队出发;再过一年,如果二哥也没能凯旋,三弟就会继续追随他们的踪迹。

三兄弟做了周密的计划,并集结了多如海边沙粒的军队。告别了两个兄弟,大哥带领军队浩浩荡荡地向黑女王的国家进军。他们马不停蹄地赶路,终于来到日落王国的内陆。此后,军队更是日夜兼程,希望尽快抵达目的地。但是,沿途除了成片的荒野,连一口井都没有,可怜的士兵们都快渴死了。一天中午,他们终于发现前面出现了一座像太阳一样金光闪闪的宫殿。

国王看到宫殿后,立即召集军队准备进攻。他们迅速包围了宫殿,但一切都是徒劳。原来这是一座空城,城里面一个人影都没有。不过这是一座多么华丽的宫殿啊!所有的房间都被装饰得如同白昼一样耀眼,窗框和门框上雕刻着美丽的花朵和许多精美的图案,大门上

阿拉普什卡王国的黑女王

镶满了珍贵的宝石，无论谁看了都会被晃瞎眼睛。宫殿中央有一张桌子，上面摆放着珍馐美味，香气扑鼻，充满诱惑，让人不知道应该先吃哪道菜好。宫殿的地窖蜿蜒悠长，足足能让你走上三天三夜，并且很容易迷路；里面到处堆满了葡萄酒桶，就像挪亚方舟。对此时的士兵们来说，即便只能喝上一小杯水已经心满意足了。因此，当他们看到这些美酒佳肴，立刻一拥而上，美味的葡萄酒更是令人心旷神怡。他们推杯换盏，喝得耳朵直嗡嗡作响，满嘴胡言乱语。最后，所有人喝得烂醉如泥，就连长官和国王也不例外，全都沉睡过去。

到了深夜，空中飘过来一个绝色美女，美得让人惊叹不已，任凭是谁看了都会惊呆。当她降临到宫殿的时候，发出巨大的声响，惊醒了沉睡的军队。只见女子不慌不忙，拿着弯刀轻轻一挥，所有人立刻面无表情地僵在那里一动不动。然后，女子迅速砍下一拨人的头颅，用弯刀戳起来，把它们扔到宫殿后面的一堆尸体上。此后，她清洗了地上的血迹，砍断酒桶的旋塞，葡萄酒像河水一样涌入地窖。最后，她坐下来，在桌子旁边大餐一顿，临近清晨才飞走。

家里的两兄弟等了一年，见大哥没有回来，于是，二哥又召集了尽可能多的士兵，准备征战。他带领军队日夜兼程，来到阿拉普什卡王国的边境，长驱直入宫殿。在这里，他们遭遇了和大哥的军队一

样的命运。

又过了一年,三弟也出兵了。不过,他是三兄弟中最聪明的那个。当军队一到宫殿,士兵们就像之前那些士兵一样,成群结队地围在一起喝酒。但三弟没有像两个哥哥那样,因为他什么也没喝。当士兵们纷纷倒下时,他偷偷地爬到一棵大树上,俯瞰整个宫殿。大树枝繁叶茂,刚好可以完美地掩护他。就这样,他在树上待了整整一天,直到夜幕降临。天黑后,他听到空中传来呼啸声,看见女王飞过来,落在宫殿里。只见她砍下士兵的头颅,并用剑尖挑起士兵的尸体,扔到宫殿后院。

年轻的国王看到可怜的士兵们被女王用如此残忍卑鄙的手段杀害时,怒火中烧。但他能怎么办呢?他知道自己无能为力。当他看到女王转身飞走时,露出了美丽的脸庞。尽管她的手上拿着鲜血淋漓的宝剑,他还是被她惊世骇俗的美貌所吸引,甚至忘记了刚刚的杀戮。他把一切恐惧抛在脑后,迅速爬下树,跳上一匹士兵遗留的战马,开始循着女王飞走的方向追过去。庆幸的是,黑女王没有回头查看,一旦被她发现,他必死无疑。

他快马加鞭,翻山越岭,穿过森林和田野,登上山顶。战马终于精疲力尽,瘫倒在地上,女王却没了踪迹。他来到的是雀鸟王国。

阿拉普什卡王国的黑女王

现在该怎么办呢？他询问雀鸟是否知道阿拉普什卡女王住在哪里。

"我们不知道，"他们异口同声地回答，"如果你愿意，我们可以告诉你她飞行的方向。她经常会路过这里，但从不在此停留。"于是，雀鸟们把他带到王国的边境，就飞走了。

年轻的国王孤单地沿着笔直的道路一直向前赶路。途中，他经过乌鸦王国、老鹰王国、鹳王国。他们的回答和雀鸟们是一样的，都不知道黑女王到底住在哪里，只知道她会路过自己王国的上空。

于是，他告别大家，继续寻找。随后，他又来到了百灵鸟、八哥和杜鹃王国。这些王国的国王派出信使召集了所有臣民，但还是没有一只鸟知道黑女王的下落。过了很久，一只云雀一瘸一拐地走了过来。

"陛下，"他说，"我知道阿拉普什卡女王在哪儿。"

"真的吗？"

"当然，我就是在那里自作自受，所以瘸了腿。"

"那么，阿拉普什卡女王是什么样的人啊？"

"她和其他女人没什么两样，她的力量来自那把弯刀。有了它，她甚至可以毁灭世界；但失去它，她就失去了一切力量。"

年轻的国王问："那你能告诉我如何才能到达她的王国吗？"

"我可以告诉你，但很难到达那里。"

"没关系，不管多么艰难我都要去。"

于是，云雀说："如果这样，祝你成功。"说着，他伸展翅膀，轻轻地拍了拍国王的脸，让他翻三个跟头。年轻的国王照做后，就变成了一只苍蝇。不过，他是一只会听会说的苍蝇。

"现在，"云雀说，"骑到我的背上。"他一边向鸟类国王们道别，一边一跃而起，展翅高飞。来到暴风王国后，云雀让国王跳下来。

"你飞得真快啊！"年轻的国王说。刚才他差点从云雀的背上掉下来。"当然，"他说，"如果我们像你们人类那样花三年时间才到这里，我干吗还要把你变成一只苍蝇？"说着，他们继续赶路，直到来到黑女王的国界。云雀让他再翻个跟头，国王变回了原形。云雀告诉他要走的路线，以及如何上山去找阿拉普什卡女王的房子，还嘱咐他一定得从后门进去，找到一扇用金子做的门。只要轻轻地打开这扇门，就能进入阿拉普什卡女王远行归来后休息的房间。他要耐心地等待，直到她睡熟了以后，取走弯刀，随后就赶紧逃走；如果有可能，最好把弯刀藏到附近的蛇洞里，藏到她找不到的地方。

"如果你能成功地拿到弯刀，你就能随心所欲地对付她，因为她全部的力量都在那把弯刀上。"云雀补充道。

阿拉普什卡王国的黑女王

年轻的国王不知道该如何感谢云雀的仁慈和好意，但云雀毫不在意，并祝愿他成功。此后，他就飞到空中，消失了。

年轻的国王按照云雀的指引来到了女王的住所外。他从后门悄悄地溜了进去，等待时机，直到阿拉普什卡女王睡着后成功地拿到了弯刀。他抱着弯刀一路狂奔，并把它小心翼翼地藏起来。他想回去唤醒沉睡的女王，便返回了女王的房间。他不知道该如何唤醒她，只好亲吻了她。女王是那么美丽动人，国王深深地爱上了她，甚至可以为她献出自己的生命。

女王醒来，发现自己居然被一个年轻男子抱在怀里。她恼羞成怒，急忙朝放弯刀的地方走去，摸了一把——弯刀不见了！她知道弯刀已经被这个年轻人拿走了。看着眼前这个英俊的年轻人，女王回吻了他。国王下定决心永远不让女王知道弯刀的藏匿之处。

不久，他们结婚了，举行了世界上从未有过的盛大婚礼。

我也参加了婚礼，但我是不请自来，所以只能站着吃饭。婚礼后，他们回到了年轻国王的国家。一路上的风景是那么美妙！沿途有许多城镇和村庄，到处熙熙攘攘，一切井然有序。黑女王曾经那么憎恨男人和城镇，她曾用弯刀的力量毁灭这一切。如今，她的魔力解除，一切都变得生机勃勃，就连国王被杀的两个兄弟也复

活了。

我骑在马鞍上给你们讲述这个故事，不要以为这是瞎话，因为我不是说瞎话的人，我只会讲神奇的故事。

好运与厄运

很久很久以前,如果你非要知道是多久以前,我真的没办法告诉你,但我可以肯定的是,从前有一位伟大的国王。

他是一个善良而公正的人,因此,人们总是不辞劳苦地从其他九个国家纷纷赶来,让他帮忙主持公道。这个国王非常富有,儿女成群,他一生都在为子民的利益呕心沥血,怎能不如此富有而强大呢!

故事开始的时候,他已经不再年轻。他一生积累了丰富的经验,经历了生活的种种考验。如今,他虽年事已高,但也拥有大智慧。如果他的妻子没有再生下他们的第十三个孩子,他将会是一个多么幸福的人啊。

"哦,王后!"当他听到这个消息时,说道:"这不太吉利。我们

现在有了十三个孩子,十三可是个不吉利的数字啊,十三是个不祥的预兆。我本希望我们至少生个双胞胎,如今我们恐怕要遇到麻烦了。谁知道我们会遇到什么麻烦啊!或许,会有一个孩子死去,或者有什么其他厄运要降临到我们的头上。"

国王的话不幸应验了。自从第十三个女儿出生后,王国的一切变得越来越糟糕。不是成群的蝗虫来吃庄稼,就是疾病夺走了很多人的生命,或者盟国之间爆发了纷争,两国友谊不再。换句话说,不到十年的时间,王国就变得岌岌可危,让人为之痛心不已。

人们常说,一旦成为国王或富有的人,这一辈子不会再有麻烦事。但事实却恰恰相反!人的地位越高,顾虑就越多。如今,这个富有而强大的国王,比一个饥寒交迫的穷人的处境还悲惨。有时候,财富并不一定能带来幸福。

现在,我的故事说到哪儿了?是的,我想起来了,国王在为他的烦恼而哭泣着。为了他所热爱的子民,可怜的老国王心都碎了,他无法漠视生活在深重灾难中的子民。但他又能怎么样呢?他只有默默地忍受,因为他实在已经无计可施。

当灾难越来越严重,老国王就把所有的药师、医生和智者召集到一起,商议如何阻止灾祸继续下去。但即使是这些人也搞不清楚到

好运与厄运

底是什么原因引发了这么多的灾难。不过,有一位老智者在得知国王最小的女儿出生一事后,对国王说:"尊贵的陛下,请原谅我说的话,但这个女孩就是罪恶的根源!是对国家的诅咒,是对您的诅咒,不然怎么恰好是第十三个呢?让我们试试看,到底是不是这个原因。晚上,您去孩子们的房间看看她睡觉时是什么姿势。"

"很好,"国王说,"我会照做。"

到了晚上,国王踮着脚尖悄悄走进孩子们的卧室。其他孩子睡觉的姿势和常人一样,只有小女儿躺在那里,身体蜷成一团,双膝贴着下巴。上帝绝不会允许人类用这样的姿势睡觉!国王对看到的一切感到震惊。他离开孩子们的卧室,回到自己的房间,躺在床上,悲伤涌上心头,整晚无法入眠。

第二天早上,老智者又来了,国王把看到的一切告诉了他。老智者深深地叹了口气说:"除非你把女儿送走,否则你再也没有幸福的日子了。"

毫无疑问,国王悲痛不已。尤其当老智者告诉国王,如果国家要改变现状,就必须把这个女孩送出皇宫,而且越远越好的时候,国王感受到切肤之痛,毕竟女儿是他的骨肉至亲。然而,作为一个善良而公正的人,国王自言自语:"为什么我的臣民要因我的孩子而受苦

好运与厄运

呢？我宁愿独自承受痛苦，也许这是我的宿命。只要我的王国和我的子民能够幸免于难，我心甘情愿独自承受这一切。"

国王这样想也这样做了。他把发生的一切和他必须做的事情全部告诉了公主。年轻的公主伤心欲绝，她觉得自己是多么的无辜啊！她的兄弟姐妹和她一起哭泣着，她的母后和国王比他们还要悲伤，但又有什么别的办法呢？所有人都无能为力。

第二天早上，大家帮公主穿好皇室的衣服，给了她一些钱。然后，国王吩咐朝廷中的一个老妇人陪着公主上路。公主一路边走边哭个不停。

公主和仆人马不停蹄地赶路，走了整整一个夏天，才到达王国的边界。公主吩咐仆人返回王国，独自前行。

半路上，公主遇到了一个农妇。她走上前去和农妇打招呼，并请求农妇和自己交换衣服，她还答应会给农妇一些钱。农妇高兴得手舞足蹈，急忙脱下衣服递给公主，然后穿上公主的皇室服饰，心满意足地离开了。农妇两眼放光，骄傲地回到村里，向村里的妇人们炫耀着华丽的衣服。

公主继续赶路。她走了很久很久，来到了一个宽阔而美丽的村庄。你无法想象，这座村庄大到你根本走不到尽头。它的美丽令公主

惊叹不已，随处可见华丽的宫殿和建筑物。那儿的房子都很高，相当于一个男人身高的十倍到十二倍，就像是给巨人建造的。公主的钱已经所剩无几，要不了多久就会花光。你要知道，金钱可不同于厄运，很容易耗光。于是，她盘算着该如何是好，她可不能等到最后连饭都吃不上。当然，如果她去乞讨，人们是不会拒绝的，因为那时的人们都很仁慈善良；不像现在，如果你敢乞讨食物，多半会被像野狗一样赶出去。不过，公主并不打算讨饭吃，毕竟她流着骄傲的皇室血脉。于是，她来到一户人家门口，询问他们是否需要仆人。她并不喜欢做仆人，但她很乐意靠自己的勤劳赚钱。况且，钱马上就要花光了，她别无选择。

不幸的是，公主遇到的第一户人家并不需要仆人，但是这家主人好心地把她带到另外一户人家。那家的仆人告诉她，他们恰好需要一名女佣，于是就把她带进房子。好漂亮的房子啊！美得让人睁不开眼睛。房间里到处都是金银珠宝，地板上的财宝更是堆积如山，公主几乎迈不动步子。尽管以前她在父亲的宫殿见过无尽的财富，但和这里的无法匹敌。他们最终来到女主人的房门口。她看到了什么？一个皮肤漆黑的女人，厚厚的嘴唇，嘴巴能从一只耳朵咧到另一只耳朵，简直奇丑无比。事实上，单用丑陋这个词不足以形容，这种丑让人害

怕、让人恐惧。公主的目光无法从这个女人身上移开：这简直是个噩梦，任何人在睡梦中看到这一幕都会被吓坏的。尽管如此，只要你仔细观察，就能从女主人的眼神和脸庞上感受到她善良的内心。她说话也很和蔼可亲，主动和公主打招呼，并和她攀谈起来。公主害怕得几乎忘记了自己的存在。女主人注意到她的困惑和惊愕，但毫不在意，装作什么都没发生一样，吩咐她干活。

女主人对公主说："我的孩子，我确实很丑，但你要知道我的运气很好；尽管你很漂亮，但你的运气却一塌糊涂，一言难尽。我会让你看看什么是我的好运和你的厄运。"

公主对女主人的善良感到愧疚，她跪在地上，请求女主人原谅自己的粗鲁，并把自己的全部经历告诉了女主人。她说自己本是国王的女儿，是他的第十三个孩子，因为老智者给父王的忠告而被赶出国门，等等，如我们所知道的那样。

女主人慈爱地把她扶起来，带她来到一个房间，并吩咐她在当晚备好一张餐桌，摆上精致的菜肴和上等的葡萄酒；然后，她让公主躲在床底下，看看女主人的好运。公主照做了，并藏在床底下。午夜时分，门开了，一个年轻英俊的男子走进来，他看起来温文尔雅。男子坐在餐桌旁，吃了些备好的食物，呷了一小口葡萄酒后，就起身沿着来时的路走了。公主看到这一切，感慨女主人如此好运。

第二天早上，女主人把她叫到跟前，问她是否看到了好运，是否对此感到满意。然后，她又吩咐道："准备好三炉面包，做好一整

好运与厄运

天的食物,还有三桶葡萄酒,把这些放在同一个房间里,为你的厄运做好准备吧。厄运可不是那个小口吃东西、小口品酒的优雅男子,而是一个饥不择食的家伙,丝毫不懂得节制。你进去等着他,因为他必定会在午夜赶来。"女主人还嘱咐她,男子胡吃海塞后必定会睡着,等他睡着后,要拿走他背包里的一团红丝线。

到了晚上,公主照做了,藏到了床底下。时钟敲了十二下,门开了。一个又胖又壮的男子走进来,衣衫褴褛,邋邋遢遢,不梳头也不洗脸,肮脏不堪,完全是一副厄运的样子。如果厄运降临到一个人的身上,就会毫不犹豫地吞噬和毁灭这个人。

当男子看到食物和酒时,就像一只贪婪的狗或贪吃鬼一样冲到桌旁,扑倒在那里,不停地吃吃喝喝,直到吃光了所有东西,才手握酒杯睡过去了。他不仅吃光了所有的食物,还喝光了两桶葡萄酒,第三桶也只剩下那么一丁点儿,最多只够一个女子喝的量。

公主看见他躺在地上睡着了,就悄悄从床底下爬出来,从他的背包里偷走了那团红丝线。然后,她飞快地跑了出去。男子虽然睡着了,但还是隐约感到有人偷走了丝线球。他跟跟跄跄地爬起来,边追边喊:

"我的孩子,把它还给我吧!我会把所有的财富都给你,我会把

好运与厄运

世上一切的好东西都给你。"

女主人警告过她千万不要回头,因此公主头也不回地向前跑。男子在极端暴怒之下,厄运爆发,在餐桌旁倒地身亡。

不久以后,有一个宣读告示的人在镇上宣称,请持有一种特别的红色丝线的人到宫廷里匹配丝线。因为,王子就要结婚了,而用来缝制新娘衣服的红丝线却用光了。如果谁能够提供相似的丝线缝制这件衣服,就会得到一笔可观的奖赏。

女主人对公主说:"带着这团红丝线去宫廷,看看颜色是不是能配上。如果可以,就索要和丝线球重量一样的酬劳。"

公主来到宫廷,高兴地说自己的丝线可以试试看。果真,颜色完全匹配新娘的衣服,就像是同一卷线。

"你想要多少钱?"年轻的王子问道。此刻,他恰巧在场,看到了这团完美的丝线。

"那么,陛下,我该要什么呢?我只想要和这团丝线一样重的酬劳。"她按女主人的嘱咐答道。

于是,王子说:"好吧,把丝线团拿过去称一下,看看有多重。"他心里不禁嘲笑起眼前这个愚蠢的女孩。那么,让我们看看发生了什么?简直不可思议!大臣们在秤的另一端放了很多钱,王子身上的钱也放了上去，可重量还是不及那团丝线。"哦，巫术。"大臣们七嘴八舌地说。他们又犹豫又疑惑，于是把更多的钱放在上面。最后，连国王的马车和马匹都放了上去，还是没有线团重。

这时，站在一旁的宫廷小丑对王子打趣道："请陛下站到秤上，我们看看会发生什么。"起初，王子拒绝了这个愚蠢的建议。后来，他还是跳上了秤。还没等他坐稳，丝线球一侧就抬了起来，两边的重量刚好达到平衡，所有人都大吃一惊。于是，宫廷小丑对王子说："看起来，她赢得了您和您所有的财富。"

"完全正确，"王子说，"既然这样，是谁让我跳上秤的？好吧，这不重要，对的就是对的，我属于这个女孩了。"当然，他这么说也是因为倾心于她的美貌。公主是个万里挑一的美人，比他的新娘漂亮百倍。

公主听到这番话，就跳到王子的怀里，拥抱着他，告诉他自己的身世以及之前所发生的一切。随后，王子就和女主人的这位女仆定下了婚约。

不久以后，他们一同回到公主的国家。在那里，他们举行了盛大的婚礼。王子与公主从此过着丰衣足食、幸福快乐的生活。如今，公主摆脱了厄运，生活更加安逸富足。那位黑炭似的女主人坐在中

央，国王和王后陪伴在她身旁。

国王是一个智慧而公正的人，他邀请我参加了宴会。然而，没人能够步行或骑马到达他的国度，路途实在是太遥远了。因此，我只能咂巴着嘴，嚼着我的面包屑，幻想着我错过的婚宴桌上那些美味佳肴和昂贵的葡萄酒。

花朵骑士

很久以前,有一个贵族,财富不计其数。他拥有一个很大的庄园,还养了很多猎人。猎人们每天都去他的森林里狩猎。贵族很喜欢吃鹿肉,因此猎人们每天都要为他带回新鲜的鹿肉。这群猎人中,有三个人狩猎从不失手,总能满载而归。而且三人总是同进同出,缺一不可。因为他们长年狩猎,森林里的鹿和鸟都快灭绝了。有一天,他们不想两手空空回去,就想继续找点什么带回去。不久,其中两个人射杀到了几只鹧鸪,可第三个猎人无论如何也找不到猎物。两个伙伴看到他空着手,就一直陪他四处寻找。他们不希望自己的伙伴徒劳无功,三个人决定换个地方试试运气。于是,他们来到了一片从未去过的大森林。森林里树木低垂,灌木丛生。他们寻了一会儿,还是一无

所获。最终,他们钻进了一片更加浓密的树林里寻找鹿的踪迹,很快就迷路了,可第三个猎人还是没有收获。

一天快过去了,三个猎人意识到他们在这片原始森林里彻底迷失了。他们不知如何是好,就决定先在这里过夜。此刻,他们满脑子想的都是家人和朋友,大家一定在担心他们,因为他们一直都是按时回家,并把鹿肉送上贵族的餐桌。

第二天早上,他们继续寻找出口。走着走着,他们发现森林变得越来越开阔,很多树木被砍伐过,整块林地看起来像一个被精心整理过的庄园。他们沿着林地继续往前走,来到一个波光粼粼的湖畔。湖边有一片美丽的草地,围绕湖边的树木已经被整齐地砍掉,露出一片空地。大约到了中午时分,他们累得躺在树荫下休息。突然,一声鸟叫传来,三人抬头一看,有一只鸟朝这边飞来,落在离湖边不远的一棵树下。多美的一只鸟啊!他们以前从未见过这种鸟。第三个猎人看到这只鸟,就想射杀他,但被同伴阻止了。他们说:"这只鸟多美啊。让我们先看看他来这里干什么。"于是,他们躲在一旁静静地观察。

只见这只鸟儿环顾四周,然后翻了三个跟头,变成了一位翩翩少年。少年跳进湖里尽兴玩耍了一个小时后,回到先前那棵树下,又

变回鸟,飞到空中消失了。

三个猎人惊讶地看着鸟儿的一举一动,直到他消失在视线里,才回过神,继续寻找回家的路。在湖的另一侧,他们找到了一条小路,沿着这条小路来到一个似曾相识的小镇上。半路上,第三个猎人射杀了一头小山羊,几个人继续赶路。在第二天夜里,他们终于回到了家。

三个人来到贵族面前。贵族问道:"发生了什么事?你们去哪里了?带了什么战利品回来?"于是,他们把自己是如何在森林里迷路,如何来到深林空地和湖边,以及那只神鸟的故事全部告诉了贵族。

贵族对他们的经历感到震惊,问道:"你们能否抓住这只鸟,给我带回来?"

"好的,"他们答道,"我们肯定能做到。但您必须给我们两个酒壶,一个装满上等的白葡萄酒,一个装满烈酒,剩下的就交给我们好了。"贵族给了猎人们两个酒壶,第二天猎人就出发了。他们已经熟知路线,很快就找回到湖边。猎人们取出两颗钉子,敲进那只鸟栖息的树上,把两个酒壶分别挂上去,然后藏在树下,等待时机。不久,那只鸟又飞过来,翻了三个跟头,变成了少年。少年环顾四周,目光

落在树上的两个酒壶上,很好奇里面是什么,于是拿起一个酒壶,倒了一点儿,发现是些黄色的水。少年尝了一口,好像很喜欢这个味道,就毫不犹豫地喝光了整壶葡萄酒。接着,他打开另一个酒壶,发现烈酒的味道更合胃口,再次一饮而尽。喝完酒,又跳进湖水游泳玩耍,之后返回树下变回鸟。当他想要飞起来时,却发现翅膀变得沉重无比,因为烈酒和葡萄酒的酒精开始起作用了。少年有气无力地摔倒在地上。猎人们正等着这一刻,他刚倒下,他们就一拥而上,捆住他的腿和翅膀,抬回了贵族的家。贵族早早就等候在大门外,迫不及待地想看看这只罕见的神鸟。贵族除了给了猎人们承诺的奖赏,还送给他们每人一件珍贵的礼物。猎人们带着礼物和奖赏各自回家了。

贵族对这只鸟百看不厌,无法满足。于是,他把鸟锁进一个用石头堆砌的坚固的房子里,房间的窗户安装了

密密麻麻的铁栏杆，让这只鸟插翅难飞。他整日把房门钥匙揣在怀里，即便不带在身上，也没人知道钥匙藏在哪里。贵族始终不知道这是只什么鸟，便向各国有识之士发出邀请，希望他们能够来到宫廷，研究一下这只神鸟的习性和特征。他承诺，谁能准确地说出神鸟的信息，就把最高贵的奖赏给予他。他的文士照此起草了一则告示，向列国发出邀请，希望天下有识之士赶来商讨。

一天，正好是礼拜日，所有人都去教堂做礼拜了。唯一留在家里的只有贵族的独生子，一个八岁的男孩。那天阳光明媚，小男孩无聊地跑到花园里玩耍。无意中，他来到了锁住神鸟的房间附近。透过窗户，神鸟给小男孩看了一件金子做的玩具，并对他说："亲爱的孩子，看看我给你的玩具多么好玩呀。"

小男孩看到这件玩具，开心得手舞足蹈。他走近窗户，想拿走玩具。

神鸟说："只要你放我出去，我就把玩具送给你。"

男孩说："我很想放你出去，但我不知道钥匙在哪儿。"

要知道，这可是一只会魔法的神鸟，他无所不知。他对男孩说："去你父亲的房间，在床头第三个枕头下面，你就会找到钥匙，拿着它来开门。"

小男孩飞快地跑去找到了钥匙,打开了门。神鸟飞出来,并把玩具送给了男孩。他对男孩说:"无论何时何地,只要你遇到麻烦,就赶紧想我,我会来帮你的。记住我的名字——花朵骑士。"神鸟边说边飞上天空,消失了。

不久,男孩的父母回到家里。男孩拿着金制玩具,跑过去迎接他们。当父亲看到他手里的玩具,以为是来到宫廷的哪位智者送给他的,因为那天正好是他邀请智者们前来宫廷聚会的日子。于是,他走到男孩面前问:"是谁送给你的玩具?"

"房间里的那只鸟。"男孩答道。

父亲听到孩子的话,担心地问道:"你是怎么找到那只鸟的,他怎么给你的?"

男孩把发生的一切告诉父亲:神鸟如何隔着窗户和他说话,告诉他如果放自己出去,就承诺送他玩具,以及告诉他去哪里找到钥匙。

父亲听到这番话,勃然大怒。他为失去这只神鸟以及即将面临的耻辱而愤恨不已。此刻,他的庭院里挤满了各式各样的马车,多得连马厩都装不下了,应邀而来的智者们也簇拥在庭院里。贵族又悲哀又绝望,急得束手无策。当智者们看到他走进院子时,都争先恐后跑

过来迎接他。看到贵族伤心又恼怒的样子,大家你一言我一语地询问原因。

贵族说:"各位先吃点东西吧,我会告诉你们的。"用餐完毕,贵族把大家召集到大厅,然后牵着小男孩的手走过来,把男孩所做的一切告诉众人。他对白白邀请这些智者过来感到多么的恼火和羞愧!讲完男孩的所作所为,他说:"现在,智者们,坐下来,对我的孩子审判吧!我们一起决定一下用何种方式惩罚他给我们带来困扰,无论你们做出什么决定我都愿意接受。"说着,他把男孩留在大厅中央,然后退到角落里。

在场的人们齐声喊道:"这孩子应该受到最严厉的惩罚。"有人说应该射死他,有人说应该淹死他,有人说应该烧死他,还有人说应该把他关进监狱,因为他给他的父亲带来了奇耻大辱和困扰,还让他的父亲失去了如此珍贵的神鸟,他应该为此承担责任。

人们七嘴八舌地议论一番后,站在一旁安静倾听的一位老者站起来说:"朋友们,请记住,他是主人唯一的孩子。如果他被判死刑,只会加剧贵族夫妇的悲伤。这不是我们惩罚他的好方法。我们要让他活下来,给他带上三袋子钱,派个车夫把他送出去。除非他把那只神鸟找回来,否则永远不能回家。"

大家对老者的话表示赞同。于是，贵族吩咐一个吉卜赛奴仆牵来一驾旧马车，给男孩带上三袋子钱，然后，依依不舍地说："换好衣服，戴上帽子，去你能去的地方吧。"

男孩听到父亲的话，想到自己很快就会被赶出家门，去外面那个一无所知的荒凉世界，伤心欲绝。他边啜泣边叹息，恳求父亲把自己留下来，但一切于事无补。判决已经生效，不能撤销或反悔，一切只能听天由命了。之后，智者们各自散去，纷纷回到自己的国家。贵族孤零零地坐在家中，终日为失去了神鸟和唯一的孩子而心碎。

男孩坐上马车，和吉卜赛奴仆一起踏上漫无目的的旅途。最初，他们还能融洽相处。可过了一段时间，吉卜赛人开始心怀不满，痛恨起男孩。一天，马车正走在路上，小男孩看到草地上有一根羽毛，他想让吉卜赛人停下马车，捡起羽毛，便吩咐道："停下，把那根漂亮的羽毛捡起来。这么漂亮的羽毛丢在路上多可惜啊！"吉卜赛人很不情愿地从马车上跳下来，捡起羽毛，交给了年轻的主人。然后，他驾着马车继续赶路，边赶车边喃喃自语道："我再也不想做这个男孩的奴仆了。我实在无法忍受了，他居然命令我去捡一根羽毛。我现在就把车赶到森林里，把他扔在那里，但愿上帝保佑他不死。然后，我就可以成为坐马车的贵族，还能把三袋子钱据为己有。"

花朵骑士

男孩拿到羽毛,顺手把它别在耳朵后面,瞬间他就有了魔法。原来,这根羽毛是他放走的那只神鸟身上的。男孩立刻就知道了吉卜赛人的想法。路上,男孩对吉卜赛人说:"嗨,吉卜赛人,你知道我是怎么想的吗?"

吉卜赛人没好气地答道:"只有你告诉我,我才会知道。"

"我在想,"男孩说,"应该分给你一袋钱,因为三袋钱对我来说有点太多了。"

吉卜赛人听到这番话后,心情立刻好起来,他自言自语说:"如今有些不同了。以前他有三袋钱,而我什么都没有;既然现在他肯给我一袋,我最好还是不要轻举妄动。"

男孩洞察到吉卜赛人的改变,安安稳稳地度过了几个月。吉卜赛人也踏踏实实地照料着马匹,作为奴仆忠诚地伺候着主人。但不久,吉卜赛人的心里又开始不满,再次自言自语道:"只有一袋钱有什么好的,我还是要听他的命令。我是个老人,他还是个小孩子,为什么我要照料马匹?为什么我要去市场帮他买必需品?难道我不该坐在舒适的马车里,敲他的头命令他吗?我要等待机会,我要和他算账,结束这一切不公。"

男孩一直别着魔法羽毛,马上就得知了吉卜赛人的想法。他有

点害怕，就对吉卜赛人说："你知道我在想什么吗？"吉卜赛人低声嘀咕着："只有你告诉我，我才会知道。"

"我在想，"男孩说，"既然你是老人，我是小孩，那么我对你说'您'或许会更好，而您对我说'你'，而不是像以前那样我对您说'你'。您最好坐到马车里，负责保管那两袋子钱，我来照看马匹。不管怎样，您变得越来越老，而我变得越来越强壮。"

"这主意真是太好了，"吉卜赛人手舞足蹈地说，"我很高兴你这样想。"此后，年轻人成了马车夫，吉卜赛人坐进了马车车厢，并像主人一样对男孩发号施令。又过了半年，他们终于来到另一个国家，乞求这里的国王能够收留他们，并恳请国王让他们在这里找个差事。

国王看到眼前的年轻人温顺谦卑，说话温文尔雅，非常喜欢。他想到自己没有儿子，就把他带进王宫，想当作自己的孩子养育。国王有一个漂亮的女儿，但因为害怕有一天被怪物兹梅乌抢走，就长年把女儿锁在一个坚固的堡垒里。国王把吉卜赛人派到马厩，让他照看马匹，恢复了他的奴仆身份。吉卜赛人再也做不了贵族，不能继续发号施令，只好又干起了马厩的活儿。年轻人跟随国王回到王宫，一群智者围在他身边，传授给他智慧。他过上了比在家还富足的生活。

看到年轻人如此得宠，过着幸福的生活，吉卜赛人再次充满了

嫉妒和仇恨。他懊恼地对自己说:"我真够蠢的,竟然让他活下来!如果我当初把他杀掉,会好很多。尽管如此,我还是没有干掉他,我本应该过得比他好。我要去告诉国王,这个家伙曾经吹牛说他可以把兹梅乌的坐骑偷回来。"吉卜赛人打定了主意。

有一天,国王路过马厩。吉卜赛人走出来,鞠躬说道:"尊敬的国王陛下,您知道那个男孩一直向我吹嘘什么吗?"

"什么?"国王问。

"他对我说,如果陛下愿意,他就去把想抢走公主的怪物兹梅乌的坐骑偷回来。"

"你说什么,吉卜赛人?"国王问。

"真的,"吉卜赛人说,"他就是这样吹嘘的。"说完,吉卜赛人喃喃自语:"这回他完蛋了,他不会再有好日子过了。"

国王对吉卜赛人的话半信半疑,他觉得这个年轻人不太可能是那样的人。

国王曾经派了无数骁勇善战的骑士去执行这项任务,还承诺会把女儿嫁给获胜者。不仅如此,国王还发誓可以把王国也让给胜利者统治,但是没人成功。国王一回到王宫,就问年轻人是否说过这样的话。男孩否认了,并说他从未有过这样的想法,更没有和吉卜赛人说

过这件事。但是国王不理会他的解释,执意让他信守承诺。他对年轻人说:"我不接受任何借口和否认。你必须把怪物兹梅乌的坐骑偷回来,否则,你就会人头落地。"

男孩听到国王的命令和威胁感到很痛苦,哀叹道:"我该怎么办啊?我去哪里找啊?难道我的末日到了吗?"于是,他离开王宫,漫无目的地走着。

走到一片森林的时候,他精疲力竭,脚疼得要命。本想着在这里过夜,又害怕附近的野兽会把他撕碎。尽管他很害怕,但他实在太累了,顾及不了那么多。他坐在一棵倾倒的大树干上,唉声叹气地说:"我这是怎么了?什么灾难降临到了我的头上?真希望我没有放走那只神鸟啊!从那以后,除了无尽的痛苦,我一无所有,我真不应该让自己身处困境啊。"

正在他哀叹命运多舛时,想起了神鸟的话:如果发现自己身处困境或遇到什么大麻烦,就想神鸟的名字——花朵骑士。

一想到这些,想到花朵骑士,花朵骑士就真的出现了,并坐到他身旁,说:"亲爱的孩子,怎么了?你为什么要叹气?"

"来到这么可怕的地方,我怎么能不叹气啊!你听听他们让我干什么?"说着,男孩把一切都讲给骑士听,包括神鸟离开后发生的一切，吉卜赛人如何算计他，以及国王的命令。

"我的孩子，不要害怕，按我说的去做。"

话音刚落，骑士就变成了神鸟。他让男孩骑到背上，搂住他的脖子，然后飞到空中。他们飞了很远很远，飞到太阳的女儿们那里才停下。他让年轻人跳下来，在那里等待他回来。

花朵骑士独自来到怪物兹梅乌的住处，准备偷马。这匹战马被拴在一个坚固的马厩里，里面用螺栓和栅栏固定着。兹梅乌从里面上了锁，钥匙挂在马厩的钩子上，所以没人能进去。

神鸟飞到马厩门口，翻了三个跟头，变成了一只苍蝇，飞进马厩，藏到缝隙里。这时，兹梅乌走过来梳理马鬃，然后就离开了。夜幕降临，兹梅乌准备上床睡觉了。

兹梅乌前脚刚离开，苍蝇就从缝隙飞出来，翻了三个跟头变成一个青年。青年走到战马旁，把手放到它身上，战马立刻就发出强烈的嘶嘶声，震得马厩和宫殿跟着摇晃，就连周围的森林都为之震颤。只要有陌生人触碰这匹战马，它就会拼命地嘶鸣。

兹梅乌被嘶叫声惊醒，立刻点燃火把，前来查看是谁碰了他的战马。

他来到马厩，没有发现任何蛛丝马迹，因为花朵骑士又变成苍

花朵骑士

蝇藏了起来。兹梅乌找遍了每个角落,也没发现任何异样。他不知道到底发生了什么,只好回去继续睡觉。可怜的兹梅乌刚睡着,花朵骑士就再次把手放到马背上。这次,战马的嘶叫声更加刺耳,兹梅乌一下子从床上跳起来,飞奔到马厩,想看个究竟。不过,他再次扑空,因为骑士又变回了苍蝇躲了起来。兹梅乌翻遍了马厩,没放过一根稻草,结果还是无功而返。他想,也许是没有给战马梳理齐整,它才会嘶鸣。于是,他重新给战马梳理了鬃毛后,才回去睡觉。花朵骑士又跑出来抚摸战马,战马叫得更厉害了。可怜的兹梅乌刚打个瞌睡,就愤怒地跳起来,拿起鞭子四处寻找。尽管再次翻遍了每一根稻草,还是什么也没找到。他认为战马搅得他无法睡觉,用鞭子狠狠地抽打了它,喋喋不休地骂了一大堆脏话。

"花朵骑士肯定不在这里,"他说,"不要躁动啦!"

可怜的战马默默地忍受了一顿毒打,它对自己说:"很好,如果是这样,我会保持沉默。谁都可以过来摸我,把我带走。我不会再打扰兹梅乌睡觉了。"

兹梅乌刚离开,苍蝇就从缝隙中飞出来,翻了三个跟头,变回花朵骑士。他走过去,把手放在马脖子上。马不再嘶鸣,安静地站在原地。骑士打开马厩的门,把它牵出来,然后骑上马背,把它带回正

在太阳的女儿们那里等待他的年轻人。骑士嘱咐男孩抓紧缰绳,以防滑落,因为战马即将飞到空中。

太阳的女儿们还送给年轻人一顶美丽的王冠,王冠的中央点缀着晨星,四周群星环绕。她们告诉年轻人,在路过公主的塔楼时,公主如果向他索要王冠,就送给她。

彼此告别后,男孩骑上战马,眨眼间就回到了王宫。当他路过塔楼时,公主看到了他,并请求把王冠赠予她,年轻人照做了。然后,他牵着战马去拜见国王。

国王看到他胜利归来,非常开心,对他溺爱有加。

从此,皇宫的马厩里又多了一匹战马,它比之前那些战马需要更精心的照料。那个吉卜赛人的阴谋不仅没有得逞,反而还给自己带来更大的麻烦和烦恼,而年轻人却成了王宫里最受爱戴和欢迎的人。

吉卜赛人心烦意乱。他日思夜想如何能陷害这个可怜的男孩,但就是想不到好主意。最后,他想出一个周密的计划。

有一天,当国王再次路过马厩,吉卜赛人对他说:"尊敬的国王陛下,你知道那个男孩又对我吹嘘什么吗?"

"这次他说了什么,吉卜赛人?"

"他向我吹嘘说,如果陛下愿意,他可以把兹梅乌的马鞍带回

来。"吉卜赛人想,这件事男孩肯定做不到。自从丢了战马,兹梅乌加倍小心,不允许任何人靠近他的马鞍。这是一个非常神奇的马鞍,它可以把坐在上面的人带到任何他想去的地方。

国王再次听信了吉卜赛人的谗言。他回到王宫就把男孩叫过来说:"吉卜赛人向我透露了你暗自夸口的事儿。如果我下令,你得把兹梅乌的马鞍偷回来。"

男孩再次否认,并发誓他从没有过这种想法,也不会向吉卜赛人夸口这样的事。但国王还是不听他的解释,再次用严厉的语气命令他,如果男孩不能把马鞍带回来,就会人头落地。

可怜的男孩该怎么办啊?他离开王宫,走进森林,呆坐在那根树干上,再次哭诉道:"这下我可麻烦了,这次我可死定了。花朵骑士不可能再次帮我,他上次已经帮过我了。"他刚念叨起花朵骑士,花朵骑士就站在了他的眼前。骑士对他说:"你为什么哭泣啊,我的孩子?"

"你看,国王又命令我带回兹梅乌的马鞍,我怎么能不哭泣呢?"

"别害怕,"花朵骑士说,"我会再次帮助你。我不会忘记是你的仁慈给了我自由,也是因为我,你才会遇上这么多的麻烦,所以我会帮你解决一切。"于是，和第一次一样，花朵骑士带着男孩又飞到太阳的女儿们那里，然后独自去偷兹梅乌的马鞍。他用上次偷走战马的方式成功地骗过了兹梅乌，偷走了马鞍。

骑士回来后，把马鞍交给男孩，让他带给国王。太阳的女儿们再次送给男孩一顶王冠，比上次的更漂亮。王冠的中央是一个月亮和两颗星星，一颗是晨星，一颗是晚星，分别镶嵌在月亮的两侧；四周依旧是群星环绕。她们告诉男孩，在他路过公主的塔楼时，依旧可以把王冠送给公主。

男孩刚坐上马鞍，眨眼的工夫就再次回到了王宫。当他路过公主的塔楼时，公主央求他把王冠送给她。男孩依照花朵骑士和太阳的女儿们的嘱咐，心甘情愿地把王冠送给了公主。

随后，他来到王宫，把马鞍献给国王。国王如获至宝，满心欢喜，对男孩更是喜爱有加，并把他当作身边最亲近的人。

吉卜赛人看到这一切，仇恨和愤怒再次涌上心头。他无法忍受自己过着如此苦难的日子，而男孩却在一旁幸福快乐地生活。于是，他把全部心思和时间都花在让男孩陷入更大的麻烦中。他的脑海里再次萌生了一个恶毒的计划：他要告诉国王，男孩夸口说他可以亲自把兹梅乌抓回来。因为吉卜赛人知道没人能抓住这个怪物，这个任务可

比登天还难。

有一天,当国王再次路过马厩,查看战马的时候,吉卜赛人迎面走来鞠躬问候,并对国王说:"尊敬的国王陛下,您想不到那个男孩有多么自吹自擂。他又跑来对我说,如果陛下愿意,他甚至可以抓住兹梅乌,用镣铐锁住他。"

国王再次轻信了吉卜赛人的谗言。他想:"一旦抓获兹梅乌,用铁链锁住他,我就再也不必担心失去我的女儿了。我的女儿可以和其他女孩一样自由自在地生活。"

于是,他把男孩叫过来,吩咐道:"去把兹梅乌抓回来。如果你不照做,你知道后果是什么。"

男孩竭力自证清白,告诉国王吉卜赛人在撒谎。但一切都是徒劳,国王再次严厉地命令他必须遵守旨意。男孩无奈地叹了口气,哭着自言自语道:"前两次是我侥幸完成了国王的任务,如今我只有死路一条了,这怎么可能做到啊?"他再次悲伤地向森林走去。

到了那里,他又坐在同一根树干上休息,并开始思念花朵骑士。没想到花朵骑士还是立刻出现在他面前,并对他说:"你为什么哭泣啊,我的孩子?"

"这次,国王命令我把兹梅乌抓回来。如果我做不到,就要人头

花朵骑士

落地,我怎么能不哭泣呢?"

花朵骑士听完说道:"嗯!他们这次给你的任务确实很难。不过,也许我们能做到。"他依旧把男孩带到太阳的女儿们身边,让她们守护男孩,直到他凯旋。然后,他来到兹梅乌居住的深林附近,翻了三个跟头,变成一个老侏儒。老侏儒手拿一把斧头,挨个敲打树木,敲击声回荡在森林里。

兹梅乌听到响声后,跑出来看个究竟。原来是一个老侏儒在敲树。他过去问老侏儒在荒野里干什么。"我在敲打树木,挑一棵最坚硬的造一个足够结实的木桶,好用它来困住害我的花朵骑士。我希望能抓住他,把他永远关在里面。"老侏儒答道。

兹梅乌听了,心中窃喜。他说:"这主意真是太棒了。他也害苦了我,所以我对他也恨之入骨。他偷了我的战马和马鞍,但我不知道如何打败他。我和你一样也希望能抓住他,和他算账。我看你应该是个箍桶匠,我会尽我所能帮助你。跟我来,我给你些硬木头和铁箍,可以让你的木桶更加坚固,足以把他永远关在里面。"老侏儒听了这番话,非常高兴。这样一来,他会轻松很多。老侏儒跟随兹梅乌来到他的住所,用兹梅乌的木头做了一个结实的木桶,固定好底部,又用铁箍一环一环把木桶套牢。一切准备完毕,他对兹梅乌说:"我不确

定这个桶是否足够结实，能否困住花朵骑士。你要知道，他很强壮，我担心这个桶关不住他。万一他使劲儿跳到空中，掉下来把木桶摔碎了呢？而且，我还要确保木桶的铁箍足够牢固，一丝光也透不进去，否则他就有可能从缝隙中钻出来。所以，你钻进木桶看看怎么样？你可比花朵骑士强壮，你的眼睛也比我的好。我负责盖上盖子，你负责查看木桶里每根木杆间是否有缝隙，看看跳起来再落到地面时，铁箍会不会摔裂，怎么样？"兹梅乌听从了老侏儒的话，毫不犹豫地跳进木桶，让老侏儒盖上木桶。老侏儒问他木桶透不透光，兹梅乌就告诉他哪根木杆松动透光，老侏儒就去修补，然后再次询问有没有光透进来。兹梅乌答道："没有了，很好。"老侏儒让他跳到空中，再用力摔到地上，兹梅乌照做了。他一下跳到了万丈高空，直到第二天才落到地面，摔裂了五个铁箍。

老侏儒给木桶换了五个更结实的铁箍，然后问兹梅乌能不能看到光。他说再看不到任何光线后，老侏儒让兹梅乌再次跳起来落到地面，兹梅乌照做了。这次，他直到第三天才落到地面，摔裂了两个铁箍。

老侏儒又更换了两个更结实的铁箍，修好了木桶。然后，他让兹梅乌再次起跳，兹梅乌依旧照做。这次，他跳得更高，一个星期后

才落回地面,铁箍一个都没断裂。老侏儒问他在里面能否看到光线,他说:"这回看不见。"老侏儒情不自禁地笑起来。兹梅乌让老侏儒打开木桶,让他出去。结果当然出乎意料,老侏儒大声说:"待在里面对你来说最合适不过了,因为我就是花朵骑士。"

兹梅乌很震惊。当他意识到自己是多么愚蠢的时候,已经被牢牢困住了。

花朵骑士背起木桶飞向太阳的女儿们,把木桶交给年轻人。此时,太阳的女儿们准备了第三顶王冠,这顶王冠胜过此前的任何一顶:王冠顶端镶嵌着太阳,中间是月亮,左右两侧分别是晨星和晚星,四周群星环绕。他们告诉男孩在经过公主的塔楼时把王冠送给她,但前提是她很想要这个王冠。男孩再三感谢太阳女儿们的仁慈以及花朵骑士的仗义相助,之后背上装着兹梅乌的木桶,回到王宫附近。

当他路过塔楼时,公主看见了他,并祈求他把王冠送给她。他再一次心甘情愿地把它献给公主,然后回到王宫,把困住兹梅乌的木桶交给国王。国王欣喜若狂,喜悦的心情无以言表,他再也不用担心公主的安危了。他认识到这个年轻人又聪明又机灵,就立刻把女儿从塔楼接出来,并把她嫁给了年轻人。自从这个年轻人送给公主三顶漂

罗马尼亚神话与传说

亮的王冠，公主就爱上了他。国王还遵守承诺，划出一部分领土送给这个年轻人。年轻人欣然接受了国王的馈赠，开心地和公主举行了婚礼。

这是一场盛大华丽的婚礼，我也参加了。当时，还有件有趣的事情发生在我身上。婚礼那天，我太饿了，狼吞虎咽地吃东西。当我在择一块鸭骨头的时候，大家正好开始喝新郎和新娘的喜酒。我匆匆忙忙地跟着祝酒，结果鸭骨头滑到我的嗓子眼里。不信的话，你可以摸摸，你能在我的喉咙那里发现一块支出来的小骨头呢！

国王最终幡然醒悟，拆穿了吉卜赛人的阴谋诡计，并得知男孩在颠沛流离中是如何遭受吉卜赛人的虐待；吉卜赛人又是如何威胁男孩要谋杀他；男孩是如何成为吉卜赛人的奴仆，而他自己却坐上马车，对男孩发号施令；男孩是如何一路卑微小心才得以保全自己的性命的。

国王悔恨交加，命人把吉卜赛人和一袋子坚果一同捆在战马的尾巴上。战马拖着吉卜赛人和坚果袋一路狂奔，直到坚果和吉卜赛人灰飞烟灭。

年轻的小伙子还记得当年那个老智者对父王说过的话——除非他能把神鸟带回来，否则永远不能回家。他带着妻子散步时，再次

花朵骑士

想起了花朵骑士，骑士立刻化作神鸟停在他面前。年轻人带着三袋子钱、妻子和神鸟欢欢喜喜地回到自己的家。他带妻子见了父亲，当然，还有那只神鸟。贵族刚看到神鸟，神鸟就立刻消失得无影无踪。

后来，年轻人带着父母去见国王，他们幸福地生活在一起。如今，他们应该还在好好地生活呢。

聪明的王后

从前,有一个管家负责照看国王的家眷。有一天,国王叫来管家,对他说:

"你带上两千只羊,去市集把它们卖掉,然后再把羊群和换来的钱带回来。"

管家听了国王的命令,又担心又迷茫。他怎么才能完成这个任务啊?国王让自己卖掉羊群,还要带回羊群和钱?于是,他回到家,唉声叹气,冥思苦想,也想不明白该怎么办。

管家有个十六岁的女儿,她看到父亲愁眉苦脸的样子,就走过来问他为什么如此悲伤忧虑。父亲把国王的命令告诉了女儿,说国王让他卖掉羊群,再把羊群和卖羊换的钱都带回来。

"就这些吗？"女儿问，"这没什么，不要担心。来吧，高兴起来。把羊群带到市集，剪掉羊毛，卖掉它们，然后把羊群和钱带回去就行了。"

管家听了女儿如此聪明的主意，立刻打起精神。第二天早上，他吹着口哨赶着羊群去市集了。到了市集，他剪掉羊毛，卖掉它们，然后带着羊群和钱来见国王。

国王看到管家这么快就完成任务，立刻就想到一定有人在帮他。于是，他问是谁出的主意。

管家答道："是我的女儿。我和我的小女儿住在一起，是她想到的办法。"

国王说："你让她明天来王宫见我。条件是：她既不能骑马也不能步行；既不能走大路也不能走人行道；既不能穿衣服又不能不穿衣服；既不能动又不能不动；既不能转弯也不能不转弯。"

管家忧心忡忡地回到家，因为他觉得国王的要求就是强人所难。

回到家，女儿听了父亲的转述，说："别担心，我不会让你丢脸的。帮我准备一个大渔网，再从马厩牵一头驴，还要准备两只活兔子，其他的事情你就不用管了。"

父亲按女儿的交代一一准备了。于是，女孩把自己裹在渔网里，用女子平日的坐姿骑到驴背上，而不是向男子那样两腿岔开骑驴。她怀抱两只兔子坐在驴背上，一条腿弯曲，脚搭在另一条腿的膝盖上，走在大路和人行步道中间。

一路上，女孩一个脚尖点地，另一只脚悬空。这样，她看起来像是走又没走，像是骑又没骑。国王从窗口看见她时，很惊讶她的机智和聪慧。

当她快走到王宫的时候，一群大狗朝她大叫。看到猎狗叫着向她跑过来，她赶紧放开两只兔子。于是，猎狗就开始追赶兔子。这时，女孩泰然自若地进了宫殿，对国王说：

"早上好，陛下。"

"谢谢，好姑娘。我命令你来这里，既不能骑马也不能步行。"

"是啊，陛下，我是坐着驴来的，我以日常女子的坐姿坐在驴背上，而不是像男子一样两腿岔开骑到驴背上。"女孩礼貌地答道。

国王说："我告诉过你既不能走大路也不能走人行步道。"

女孩毫不犹豫地答道："我走在两条路中间。"

国王说："既不能穿衣服也不能不穿衣服。"

女孩答道："我裹着渔网来的。"

聪明的王后

国王又说:"既不能拐弯也不能不拐弯。"

女孩解释道:"我也做到了,我是靠弯曲的膝盖控制方向的。"

国王说:"那我说过既不能动也不能不动。"

女孩诙谐地答道:"猎狗正在追逐我怀里跑掉的兔子。"

国王惊讶于女孩的聪敏,于是对她说:"我想娶你。"

女孩说:"我很愿意嫁给你。"

然后,国王对她说:"但我有一个条件,不管我做什么决定,对还是错,你都不能干涉我,不能让我因此蒙羞。"

"我同意。"女孩说。于是,所有的王宫贵族都来到王宫,为他们举行了盛大的婚礼。

婚后一个月,王国举办了一场盛大的市集,国王也赶去参加活动,妻子留在王宫。国王离开第二天,王后从窗口看到有个农民赶着一头母牛和一头小牛经过。到了晚上,那个农民在返回时只带回一头母牛,并且一边走一边哭。王后派人叫住那个农民。

农民来到她面前,王后不解地问:"你为什么哭啊?"

"我怎么能不哭啊?"他伤心地答道:"有一群土耳其人抢走了我的小牛,他们非说小牛是母马生的小马驹。"

"可是,国王不是也在那里吗?"王后好奇地问,"他怎么判的案子?"

"他是在那里,陛下,但是他把小牛判给了土耳其人。"

王后听了农民的哭诉,让他第二天再来见她,并嘱咐农民在国王面前再次申诉这个案子。王后知道国王当晚会回到王宫,补充道:"我会坐在国王旁边。"她还告诉农民应该如何准备。

第二天天刚亮,农民就来到王宫,要求觐见国王。国王把他叫了进来。

"早上好,陛下。"农民谦恭地说。

"谢谢,"国王威严地问道,"你有什么事吗?"

"我有个案子请您审判。我有一块靠近小河边的草地,我的羊群每天都在那里吃草。有一天,一条鲤鱼从河里跳出来吃掉了我的羊。"

"你说什么?"国王瞪着眼睛问道,"你疯了吧?有谁听说过鲤鱼能吃羊?"

"那么,陛下,我的小牛又怎么能变成土耳其的母马生下来的小马驹呢?"

国王听他这么说,气愤地说:"是谁让你找我的?"

农民犹豫不决,他不想出卖王后。但国王严厉地说:"要么告诉我是谁,要么你就人头落地。"农民一看事情到了这一步,自己别无选择,只好向国王坦言是王后的建议。

国王听后,勃然大怒,把王后叫过来,对她说:"你必须离开王宫,你违背了我们的协议。你怎么敢干涉我的审判?"

"如果你让我走,我定会离开。但在离开前,我想办一场盛大的宴会,到时候我们拭目以待。"王后悲伤地说。

国王满足了她的愿望,命人准备一场盛大的宴会。当人们酒足饭饱后,王后站起身,举起一杯葡萄酒,对国王说:"陛下,能否允

聪明的王后

许我在离开宫殿时,带走一件我最珍贵的东西?"

国王对她说:"想拿什么就拿走吧。"

王后听了国王的话,给他倒了一杯酒。不久,国王就有气无力地倒在桌子上。在他昏倒后,王后命人把他轻轻抬起来,放到备好的马车上,然后驾着马车回到父亲家里。

过了一会儿,国王醒过来,朝四周看了看,疑惑地问王后:"我在哪里?"

"在你应该在的地方啊,和我一起在我的家里。"王后笑着回答。

"你怎么敢把我带出王宫?"国王气愤地问道。

"是你让我这么做的,你允许我带走王宫里最珍贵的东西啊。"王后依旧笑着说道。

"你对我来说就是这世上最珍贵的,我当然也要把你带回来。"

国王听到王后的话,非常开心。他亲吻着王后,对她说:

"你值得拥有我的爱。来吧,我们一起回王宫吧!从今往后,你可以协助我进行公正的判决。"

他们一起开心地回了王宫。从此以后,这个帝国所有的判决都公正严明,令人折服。不久,这个国家就声名远扬,全世界的人们都祝福这个国家和国王。

这个故事发生在很久以前,而不是现在。如果你能告诉我如何找到这个国家,我会给你大笔酬劳。

小王子苏克纳·穆尔加

很久很久以前,有一个皇帝叫白帝,他有三个女儿,一个比一个漂亮。因为害怕恶魔把她们偷走,皇帝只好把她们关在一座坚不可摧的城堡里。

邻国有一个皇帝叫红帝,他有三个儿子。大儿子伊恩,生性懦弱,他深深爱上了白帝的大女儿伊莲娜;二儿子弗拉德,比大儿子略微勇敢些,他爱上了白帝的二女儿多娜;小儿子苏克纳·穆尔加,既英俊又勇敢,和白帝的小女儿马林茨双双坠入爱河。

有一天,大王子伊恩来到白帝面前,请求皇帝允许他和大公主伊莲娜去花园散步。起初,皇帝因为担忧而拒绝了,他告诉王子自己担心恶魔会耍弄阴谋诡计抢走他的女儿。但是,大王子再三保证他会

好好照顾公主。他认为花园四周都是高高的围墙，没什么可担心的。

最后，皇帝同意了他的请求，让大公主出来和王子在花园游玩散步。这是一座名副其实的皇家花园，鲜花盛开，绿树成荫，景色宜人。一开始，他们手拉手在花园里悠闲地漫步。不久，王子突然看到远处有一朵美丽的花。他松开公主的手，穿过草坪为公主摘花。王子刚一离开，公主的头顶就出现了一片云。紧接着，云朵快速下降，迅速围住公主，把她抓走了。这一切发生在转瞬之间。

大王子捧着那朵花回来找公主，发现公主不见了。他四处寻找都找不到。王子忐忑不安地来到皇帝面前，告诉他这个悲伤的消息。皇帝的心都碎了，因为他实在太爱他的女儿了。整个宫殿欢乐不再，被悲伤的气氛笼罩着。

过了一段时间，二王子弗拉德又跑来请求皇帝允许他和二公主多娜去花园散步。老父亲还沉浸在大女儿失踪的悲痛中，果断拒绝了二王子。但二王子软磨硬泡，皇帝最终不得不同意了他的请求。

当二公主得知自己可以走到户外和心爱的人去花园散步时，激动万分。不久，二王子也在花园的角落里发现了一朵异常美丽的花，他赶紧跑过去想摘下来送给公主。他刚一离开二公主，蓝色的天空再次出现了一朵浓密的云，云朵迅速降下来，笼罩着公主，把她带

走了。

二王子和大王子一样，寻找无果，只好把这个噩耗告诉了皇帝。宫殿里充满了悲伤和哭泣，大家都束手无策。现在，已经有两位公主失踪了。

又过了一段时间，小王子苏克纳·穆尔加来到皇帝面前，提出了同样的请求。起初，皇帝根本不想听他的解释。

"前面两个女儿的经历已经告诉我第三个女儿会遭遇同样的命运，"他说，"失去了两个女儿已经让我足够痛苦了，为什么我还要失去第三个女儿？如今，小公主是我唯一的女儿，你还要加剧我的痛苦吗？"

但是，小王子苏克纳·穆尔加没有放弃，他言辞恳切，终于感动了白帝。尽管白帝心情沉重，还是做出了让步。

小公主得以和心爱的人来到花园散步，心花怒放。他们来到花园里一边摘花，一边互相抛撒花瓣，追逐嬉戏，消磨时间。二人欢快地跑来跑去，分头在花园里采花，一会儿聚在一起，一会儿又分开。这时，天空突然出现了一片厚厚的云，云层中射出几道闪电。乌云落下来，笼罩着三公主。还来不及捂住眼睛躲避闪电，三公主就被抓走了。

小王子苏克纳·穆尔加

此时，小王子苏克纳·穆尔加回到刚才和小公主分开的地方。他等了很久，也不见人影。起初，他以为公主在玩捉迷藏，就翻遍花园的每个角落寻找她，可是都没找到。

他确认公主已经失踪后，只好放弃寻找，垂头丧气地回去告知皇帝这个坏消息。大家不难想象，此刻，两个国家、两座宫殿里，到处都是悲伤哭泣的人们。恶魔抢走了皇帝三个女儿的消息传得沸沸扬扬，大街小巷都置身愁云惨雾中。从此，这两个国家里的人们再也不闻音乐和笑声。一切欢乐戛然而止，人们除了整日以泪洗面，别无他法。这样的日子持续了一段时间，三个王子再也无法忍受内心的悲痛和愧疚，尤其是小王子苏克纳·穆尔加，他决定和两个哥哥一起去寻找恶魔，拯救公主们。有一天，他抓到一只跳蚤。你可不知道，那时候的跳蚤脚上都穿着鞋子，每双鞋子都重达一百吨，但它们仍能跳到天那么高。于是，小王子收集了几双跳蚤的鞋子，用链子把它们穿起来。这条链子足有一万两千磅重，能从地面一直伸到天上。

然后，他对两个哥哥说："走吧，我们一起去寻找我们的爱人。"

不久，小王子背起链子和两个哥哥出发了。他们走啊走，一直走到地球的尽头——天地交界处。小王子让大哥把链子扔到天上，可

大哥扔不过去；接着，二哥试了试，也扔不过去；最后，小王子亲自试了试，终于把链子稳稳地搭在天界上。

小王子试着拉了拉链子，确保牢固。之后，他对两个哥哥说："你们试试顺着铁链爬到天上。"

可是，大哥刚爬到一半，就觉得头晕目眩，心惊胆战，于是退下来。

小王子问他："你爬到天上了吗？"

"没有。"大哥说。

"你爬到哪里了？看到什么了？"

"我看到地球像一座小山丘，周围环绕着一条宽广的水流。"

于是，小王子让二哥往上爬。二哥虽然比大哥爬得更高一些，但还是没能成功，最终也回到地面上。他告诉弟弟，自己也只看到了地球，而且看到的地球比大哥看到的还要小很多。

小王子说："那好吧，我来试试。你们千万不要离开这里，直到看见链子抖动。如果我杀死恶魔，救出公主们，就会抖动铁链发出信号告诉你们。"说完，他就向天空爬去。

当小王子爬到天上时，他发现脚下是一条宽阔的大路。他猜测这一定是通往恶魔宫殿的必经之路。

掳走大公主的大魔头长了一个头，二魔头长了二个头，三魔头长了三个头，体格一个比一个健壮。沿着恶魔之路，小王子找到大魔头的宫殿。可怜的大公主看到他的一刻是多么惊讶啊！她简直不敢相信自己的眼睛，她无法想象小王子是如何来到这里的。小王子不得不向公主证实自己还活着，会救她出去。

大公主对他说："恐怕抢走我的恶魔比你强大。"

小王子答道："不用担心，你只需要告诉我大魔头每天的饭量是多少就行了。"

大公主说："他每天要吃五头烤牛犊，五炉烤面包，还要喝五桶葡萄酒；每当他用棍棒敲响大门时，桌子必须摆放整齐，食物已经备好，菜肴既不能凉也不能热。"

刚说到这里，外面就传来巨大的敲门声，震得宫殿都跟着摇晃起来。

小王子急忙问公主："我躲在哪儿才不会被他发现？"

公主说："快躲在那座铜桥下面吧，那儿是他回家必经之路。你可以在那里观察他，但他绝对不会发现你。"

于是，小王子快速跑到桥下躲起来。紧接着，他听到雷鸣般的声响，大魔头骑着战马来到桥边。当他靠近铜桥附近时，战马就开始

小王子苏克纳·穆尔加

到处嗅，接着后腿直立，惊得跳起来，不肯过桥。

大魔头问道："你有什么好怕的？"

"我害怕苏克纳·穆尔加。"战马答道。

"不要怕。哪怕是他的一根头发丝也不会飘到这里来。"

听到这番话，苏克纳·穆尔加立刻从桥下跳出来，大声呵斥："别胡说八道啦！不仅我的头发飘过来了，苏克纳·穆尔加也来了，我是来和你决斗的。"

大魔头大惊失色，但他很快镇定下来，说道："怎么决斗？赛马还是击剑，或者摔跤？"

"一起来吧！"苏克纳·穆尔加回答。

话音刚落，大魔头骑着战马冲过来，但他的战马没跑几步就应声倒下去。接着，大魔头又拔出剑刺过去。没几下，剑就被小王子砍断。随后，他们扭打在一起。几个回合下来，只见小王子把大魔头举过头顶，狠狠地摔在地上，他的小腿都深深地扎进土里。大魔头奋力挣脱出来，轮到他占上风。他举起小王子，重重地摔到地上，小王子的小腿也深深地扎到了土里。小王子竭尽全力跳出来，再次把大魔头举过头顶，这回他可是把大魔头整个身体都快埋进土里，只剩下头露在外面。小王子拔出剑，砍下了大魔头的头颅，把他的身体扔到铜桥

下。之后，他回到宫殿，把大魔头的死讯告诉了大公主。他们一起摆了酒宴，庆祝大公主重获自由。

酒足饭饱后，苏克纳·穆尔加继续赶路，很快就来到了二魔头的宫殿。同样，当二公主看到苏克纳·穆尔加的时候，也不敢相信自己的眼睛，但小王子苏克纳·穆尔加向她证实自己还活着，并杀死了大魔头。二公主松了口气，但她依然很困惑，因为抢走她的二魔头有两个头，身体比小王子的哥哥还要强壮。苏克纳·穆尔加说："你只要告诉我他每天吃多少喝多少。"

"他每天要吃掉十头烤牛，十炉烤面包，还有十桶葡萄酒。所有这些都要在他敲响大门之前准备好，整齐地摆放在餐桌上，菜肴既不能太凉也不能太热。"

正说着，大门外响起巨大的敲击声，四壁颤动。

"二魔头回来了。"二公主说。

"我躲在哪里？"苏克纳·穆尔加问道。

"去那边，银桥下。"

小王子迅速躲到桥下，刚坐稳，就听到雷鸣般的响声。二魔头骑着战马回家了。

二魔头的战马来到银桥附近，拒绝过桥。它调转马头，抬起

前腿。

"你在害怕什么,我的战马?"二魔头问道。

"我害怕苏克纳·穆尔加。"战马回答。

"有什么可怕的,就算是小鸟也不可能带进来他的一根头发丝,"二魔头说,"他本人更不可能来到这里。"

听到这番话,苏克纳·穆尔加跳出来,冲上去大喊:"你胡言乱语什么?二魔头,过来和我决斗吧!我来了,不仅我的头发来了,我——苏克纳·穆尔加也来了。"

二魔头看到他大吃一惊,但很快醒过神,说道:"你想怎么决斗?赛马还是击剑,或者摔跤?"

"一起上吧!"苏克纳·穆尔加答道。

没几个回合,二魔头的战马就累倒在他的脚下。于是,二魔头拔出剑,但是他的剑一下子就被苏克纳·穆尔加击落在地,断成两截。接着,他们开始摔跤。二魔头身体比大魔头还要强壮,苏克纳·穆尔加有点吃力;不过,他还是奋力把二魔头举过头顶,重重地把他摔倒在地上,让二魔头的小腿都扎进土里。二魔头使劲挣脱出来,又全力把苏克纳·穆尔加举起来扔下去,让他腰部以下都扎进地里。小王子不甘示弱,再次挣脱,把二魔头击倒在地,最终将他的身体都扎进地里。他掏出剑，砍掉了二魔头的两个头，又把尸体拽出来，扔到银桥下。

杀掉了二魔头，小王子欢欣鼓舞。他回到宫殿，和二公主庆祝胜利，并在那里休整了几日。

几天以后，他对二公主说："现在，我要去解救我最心爱的人了。"

于是，他马不停蹄来到了囚禁小公主的宫殿。这座宫殿比之前的那两座更加宏伟壮观。当小公主看到他时，又惊又喜。当她听说小王子打败两个魔头的故事后，开心极了。

"不过，"她对小王子说，"你现在要面对的敌人比他的两个哥哥更强大，我很担心你不是他的对手。"

"你只要告诉我他每天的口粮是多少。"小王子安慰道。

"他每天要吃掉十五头烤牛，十五炉面包，喝掉十五桶葡萄酒。当他敲门的时候，食物一定要准备好，菜肴既不能凉也不能热。"

正说着，震耳欲聋的敲门声响起来，天都快要被震碎了。"他回来了，"小公主说，"如果你想监视他，就躲到那座金桥下面去。"于是，小王子躲到金桥下面。小公主独自站在原地，屏住呼吸，内心焦虑不安。

此刻,小王子听到电闪雷鸣般的声音,这是三个头的小魔头骑着战马回来了。刚靠近金桥附近,战马就停下来,抬起前腿,不肯过桥,害得小魔头差点从马背上摔下去。

"亲爱的战马,你在害怕什么?"魔头问道。

"我害怕苏克纳·穆尔加。"战马答道。

"不要怕,"他说,"他的一根头发丝也不会随风飘过来的。"

"真的吗?"苏克纳·穆尔加大声怒吼着跳出来,"我,苏克纳·穆尔加来了。为了我的心上人,我来和你决斗了。"

尽管小魔头强壮无比,此刻,他还是感到了一丝恐惧。但他很快振奋精神,对小王子说:"好,你想怎么决斗呢?赛马还是击剑,或者摔跤?"

"一起上吧!"小王子答道。

小魔头刚跑起来,他的战马就猝死在脚下。于是,他拔出剑刺过去,但他不是小王子的对手。刚刺出第一剑,就被小王子砍成两截。接着,他们比试摔跤。这场较量对小王子来说更是困难重重,这三个头的魔头太强悍了。他们四目相对,怒火中烧,紧紧抓住对方的时候,甚至能听到对方骨头咔咔作响的声音。先是小魔头举起小王子,把他摔到地上,小王子的小腿都扎进了地里。之后,小王子扭转

战局,挣脱出来,又举起小魔头,把他的小腿扎进地里。小魔头不甘示弱,奋力挣脱,再次把小王子腰部以下扎进地里。小王子可没那么容易被击败,他继续顽强迎战。不久,小王子就反败为胜把小魔头举过头顶,将他腰部以下扎进地里。两人缠斗不休,打得精疲力竭,不分胜负。

正当他们打得不可开交的时候,两只老鹰从他们头顶掠过。小魔头抬头对老鹰说:"亲爱的老鹰,去那边的喷泉,用翅膀蘸点泉水,滋润我的舌头,让我尽快恢复体力,打败苏克纳·穆尔加。我会把他的尸体送给你们作为酬劳。"

苏克纳·穆尔加则在一旁说道:"亲爱的老鹰,去把翅膀蘸点井水,湿润我的舌头。如果我胜利了,会送给你们三具尸体。"

老鹰听了小王子的话,急忙用翅膀蘸满了水滴,湿润他的舌头。小王子迅速恢复了体力,竭尽全力把小魔头击倒在地,把他的身体深深地扎进地里,然后一剑砍下他的三个头颅。小王子把尸体交给老鹰,然后告诉它们,自己会去银桥和铜桥下面找来另外两具尸体。

说完,小王子返回宫殿,和小公主欢庆胜利。宫殿里充满了无尽的喜悦。

几天以后,苏克纳·穆尔加带着三个公主启程回家。他们走了

小王子苏克纳·穆尔加

一段路后,终于来到小王子当初爬上天界时系上的那条锁链处。

他们来到挂着锁链的地方,小王子抖动着锁链。等在下面的两位哥哥看到锁链颤动,知道是弟弟带着公主们凯旋。他们紧紧抓住锁链。不久,大公主走下来落到地面,投入大王子的怀抱。过了一会儿,二公主也走下来投入二王子的怀抱。最后,小公主也走下来。此时,一个吉卜赛人乘虚而入,他一看到小公主落地,立刻等在那里迎接小公主。小公主落入他的怀抱,又震惊又困惑,但她什么也说不出来。因为与此同时,二位王子和吉卜赛人扯断了锁链,苏克纳·穆尔加留在了天上。

三位公主终于脱离险境,回到王宫。大王子和二王子因为担心被大家看作是懦夫,就劝说公主们告诉大家,她们是被两兄弟和吉卜赛人救出来的。那个吉卜赛人非常狡猾,牙尖嘴利,编造出一个完美的故事欺骗了所有人。

苏克纳·穆尔加看到链子不见了,知道自己被留在了天上。他拿着三位公主留下的王冠,漫无目的地四处游荡,试图找到通往地面的道路。他对两位忘恩负义的哥哥感到无比痛心。最后,他体力不支,疲

小王子苏克纳·穆尔加

惫不堪地倒在井边的树下睡着了。

不知睡了多久，他被一个可怕的声响惊醒了。他朝着巨响的方向望去，看到有什么东西向自己靠近，好像是一朵带着闪电和火焰的黑云。当云朵靠近他的时候，他看到一个长着两个头的巫婆，嘴里吐着火，一张脸黑漆漆的，一头乱蓬蓬的头发立在头顶。小王子一动不动，佯装睡觉，手却扶着剑柄。老怪物走近小王子，看到他躺在地上，说道："你死了可太可惜了，本来我要杀你为我三个儿子报仇的。哼，既然你已经死了，我只好作罢。"

刚要离开，老怪物转念又想了想，说道："或许他还没死。"于是，她弯下腰，把耳朵贴近小王子的嘴边，试探他还有没有呼吸。这正是苏克纳·穆尔加期待的好机会。小王子猛地跳起来，以迅雷不及掩耳之势拔出利剑，砍下老怪物的一个头，然后紧紧抓住另外一个头，准备砍下来。

老怪物意识到自己不是小王子的对手，就乞求小王子饶他一命。"你已经毁掉了我一家，又砍掉了我一个头，不是吗？"

小王子说："想活命就快点告诉我返回地面的路吧。"

老怪物说："走到那边的山谷，你能看到一个马头。用鞭子抽一下，一匹战马就会出现在你眼前，它会带你回到你的世界。"

小王子听完这番话,因为担心老怪物还有其他孩子来复仇,就毫不犹豫地砍掉了她第二个头颅,彻底杀死了她。然后,他按着老怪物指引的方向,来到山谷,找到了马头。他用鞭子试着抽了一下,果真有一匹漂亮的战马出现在他面前。战马对他说:"主人,我准备好听从吩咐了。请先把手伸进我的右耳朵,你会找到一件合身的御袍;然后,再把手伸进我的左耳朵,你会找到马笼头和马鞍,帮我装上它们,我们就可以出发了。"

"那我们怎么才能回到我的世界呢?"小王子问。

"这一切交给我吧,"战马说,"出发的时候,你闭紧双眼就行了。"

于是,小王子紧闭双眼。不一会儿工夫,就听见战马说:"睁开眼睛吧。"小王子惊讶极了,因为他发现自己已经站在父亲的王国。小王子乔装打扮一番,穿上穷人的衣服,在贫民区住下来,自称是一个金匠。

此刻,王宫里,老国王决定为三对新人举办婚礼。大公主和二公主都很高兴,只有小公主黯然神伤。她惦记着苏克纳·穆尔加,回想着曾经发生的一切,她憎恨那个到处吹嘘的吉卜赛人。他到处编造故事,说自己如何救了三位公主,杀掉了三个魔头。如今,他还要替

代小王子娶小公主为妻。

婚期临近，一切就绪，就差当初三位公主留给苏克纳·穆尔加的三顶王冠了。

国王颁布公告，四处悬赏，寻找可以为公主们制作王冠的匠人。

苏克纳·穆尔加听到了消息，传话给国王说自己可以为公主们制作王冠。大王子得知这一消息，就带着很多黄金去找小王子。他承诺如果苏克纳·穆尔加能为公主打造王冠，就会把这些黄金全部送给他。苏克纳·穆尔加穿上脏衣服，浑身上下涂成黑色，伪装成哥哥认不出的样子，接待了大王子。

当大王子问他是否能打造这样的王冠时，他回答："明天来吧，你会拿到一个做好的王冠。"第二天，大王子来了，桌上放着备好的王冠，这正是大公主留下的王冠。

大王子喜出望外，把王冠带回家，帮大公主戴在头上，非常合适。大公主似乎认出了自己的王冠，但又不敢肯定。

第三天，二王子赶来，也没有认出苏克纳·穆尔加，他也拿到了第二顶王冠。

后来，吉卜赛人也跑来找小王子。他穿着镶着珍珠的金色长

袍，来到苏克纳·穆尔加面前，向他讲述自己的英雄经历，以及如何杀死魔头救出公主的故事。苏克纳·穆尔加把第三顶王冠交给了他。

苏克纳·穆尔加传话到宫廷：有一位来自远方的皇帝正赶来参加婚礼。老国王一收到消息，就赶紧召集王宫贵族们来到城门口迎接贵客。这时，苏克纳·穆尔加像国王那样穿着御袍，骑着战马走来。他的穿着实在太像一位尊贵的国王，因此没人认出他。当国王和大臣们请他入宫时，他拒绝了。他说除非国王允许他和最年轻的那对新人坐在一起，否则他不会进宫。老国王欣然应允，因为这位国王的地位显然是那么尊贵无比。

大家分头落座。苏克纳·穆尔加正好坐在小公主和吉卜赛人中间。吉卜赛人又开始夸夸其谈，小王子坐在一旁安静地听着他自吹自擂。三位公主惊讶地看着小王子，觉得他很眼熟，但又不太确定。她们无法想象，没有铁链的小王子怎么可能回到这个世界呢？当吉卜赛人没完没了地吹牛时，苏克纳·穆尔加转身打断他说："既然你如此骁勇善战，伸出你的手掌心，看看你能不能把我抬起来。"

吉卜赛人感到困惑，他当然不敢尝试。他说："世上怎么可能有人把另一个人托在手心上。"

"真的没有吗？"苏克纳·穆尔加说道，"那么，我伸出手掌，你

小王子苏克纳·穆尔加

跳上来,看看到底有没有人能做到。"

可怜的吉卜赛人,胆战心惊地跳到小王子的手掌心。苏克纳·穆尔加伸直手臂,停了一会儿,然后紧紧用手攥住吉卜赛人的双腿,把他举到一扇窗前。只见他张开手掌,一口气把吉卜赛人吹到外面的院子里。吉卜赛人跌落到地上,粉身碎骨。此后,苏克纳·穆尔加转身走向新娘说:"亲爱的公主,你还记得我吗?"

小公主恍然大悟,内心的喜悦无法用语言形容。她不敢相信自己的眼睛,因为一切美好来得太突然了。其他两位公主也认出了小王子,她们不约而同跑过去,拥抱他,亲吻他。宾客们目瞪口呆,不知道究竟发生了什么。苏克纳·穆尔加向大家讲述了自己如何去救三位公主,如何杀死三个大魔头,以及那匹漂亮的战马是如何把自己带回到这个世界来娶他的心上人的。

两个哥哥对自己的行为悔恨交加,他们坦白了错误,得到了小王子和众人的谅解。随后,三对新人举行了前所未有的盛大婚礼。两位老国王去世后,小王子苏克纳·穆尔加继承了王位,统治两个国家。

我骑着马儿讲述着这个故事,你一定要相信,我讲给你们的是一个真实的故事。

小弟弟比特

在一座小村庄里,住着一个瓦匠和一个木匠。他们能干又善良,但是他们都很不幸,日子过得紧巴巴的。然而,随着一些新手艺人到来,他们的生活更加苦不堪言,赚不到钱,身心越来越疲惫。因为人们向来喜欢雇佣新手,他们相信新手干活更勤奋,而且酬劳低——尽管事实并非如此。木匠和瓦匠不久就失业了。

一天,两人见面后商量着换个地方碰碰运气。他们想去另外一个小镇,看看能否找到比现在过得更好的地方。他们是很要好的朋友,所以决定一起出发。他们最近才刚结婚,于是瓦匠对木匠说:"嗨,兄弟,咱们来个约定怎么样?如果我们的妻子一个生男孩,另一个生女孩,那么,等他们长大了就结为夫妻。"

小弟弟比特

"我很愿意接受这个约定。"木匠说。

两人一拍即合,并签署了协议,一起准备外出。

妻子们因他们的离去而悲伤地哭泣。丈夫们告诉她们不要害

小弟弟比特

怕,并承诺会及时回家让她们过上好日子。不久,两个人就启程了。

他们走后,木匠的妻子生了一个非常漂亮的女儿,头发像乌鸦的羽毛一样乌黑发亮,眼睛就像黑莓一样炯炯有神。木匠的家里充满了喜悦的气氛,母亲为这朵新生的小玫瑰花多迪娜感到骄傲。

瓦匠的妻子生了一个男孩。确切地说,是一个像男孩又不是男孩的畸形小家伙。这位母亲看着这个可怕的小家伙,既难过又害怕,给他取名小弟弟比特。

她把小家伙包在外衣袖口的皮毛里,放在烤炉上面。她总是把他包裹得严严实实地放在那儿。

消息传遍了整个村庄,倒也没人说三道四,大家只是对这个畸形的小家伙比特有点好奇。小比特和其他孩子不太一样,因为在他身上总是有些不可思议的事情发生。显然,他好像被魔法附体,出生不久就会像成人一样讲话,而且好像无所不知,不仅知道发生过的事情,还知道即将发生什么。他经常告诉妈妈会有什么事情发生。

很多年过去了,大概是十八个年头。有一天,小比特对妈妈说:"去告诉你的朋友,她的丈夫要回来了,和我爸爸一起回来。"

妈妈跑去告诉了她的朋友,她们一起准备迎接丈夫回家。朋友满心欢喜,因为她可以给丈夫一个珍贵的女儿。但比特的妈妈却忧心

忡忡，因为她的小比特是如此怪异。但又能怎么办呢？事实就是如此，谁也不能改变。

正如小比特所说，两个男人第二天都回来了，木匠和瓦匠分别回到各自的家中。

当木匠看到美丽的女儿时，喜形于色，心满意足。他抱着女儿，小心翼翼地照顾她，充满了幸福和喜悦。

而瓦匠的家里完全不同。瓦匠走进家门问："嘿，老婆，这么多年了，有什么新鲜事告诉我吗？"

"是好消息，也是坏消息，我的丈夫。"妻子答道。

当瓦匠听到有坏消息，心里一沉，问道："那么，坏消息是什么？"

"是个男孩。"她回答。

"这是好消息啊，"他说，"是他夭折了吗？"

"哦，不，比死更糟糕。"

"他在哪儿？带他过来见我。"

"转身，他就在那里。"她把丈夫带到炉边，让他看那个裹在皮毛里的东西。

当丈夫看到那个畸形的小家伙时，吓坏了。但他很快冷静下

小弟弟比特

来,毕竟,他看到妻子如此爱护这个孩子,况且这也是他的亲骨肉,他决定接受这一切。于是,瓦匠开心地当了爸爸。不久后,从他和小比特的交谈中,他发现这孩子很聪明,这令他更加喜欢这个孩子。他经常和孩子聊天,听听小家伙充满智慧的见解。

日子很快过去。有一天,小比特对父亲说:"父亲,我该结婚了。您还记得和木匠的协议吗?你去找到他,让他信守诺言,把女儿嫁给我吧。"

瓦匠听了很吃惊,因为他早就预料到木匠会怎么答复他。但小比特坚持让他去找木匠,他别无选择,只好去了木匠的家。

"什么风把你吹来了,我的朋友?"

"大喜事把我吹过来了。"瓦匠答道。

"希望如此。那么,什么喜事?"

"很简单。你还记得咱们离开家之前的约定吗?"

"什么约定?"

"你不记得了?关于我们的妻子一个生男孩,一个生女孩,就会让他们结为夫妻。"

"是啊,是这样的。可是,你怎么敢来提这个要求,让我的女儿嫁给一个畸形的小东西!如果你的儿子是个正常的人,健康又善良,

我当然不会拒绝的。"

"也许吧,但协议就是协议,我们并没有其他附加条款。不管是小比特还是大比特,都是我的儿子,我坚持遵守这个约定。"

木匠听瓦匠这么说,勃然大怒。两人争执不下,木匠最后把瓦匠推出门外,警告他不要再来提这个无耻的要求。

瓦匠又羞愧又愤怒地回到了家。尽管小比特知道发生的一切,他还是问父亲发生了什么。父亲告诉他自己是如何被木匠羞辱并赶出家门的。小比特说:"别理他!既然有协议,就必须执行。我们一定要伸张正义。你去求见国王,让他评判。"

第二天,瓦匠去见国王,国王正坐在审判大厅里为大家主持正义。

当他看到瓦匠走过来,就询问他有什么请求。瓦匠把案子提交给国王,国王立即派人去把木匠带到审判厅。

木匠来到审判厅,国王问他:"你签过这个协议吗?"

木匠答道:"是的,陛下。"

"这是你的签名?"

小弟弟比特

"是的,陛下。"

"那你为什么不遵守协议?"

木匠就把整个故事经过讲给国王,但国王不耐烦地怒道:"够了!你签署了协议,就必须遵守;如果你违背我的命令,就会人头落地。"

木匠听到国王这么说,只好承诺一定遵守协议,忧愁地回家准备婚礼。

婚礼按约定的时间如期举行,小弟弟比特带着可爱的新娘来到他在村子尽头盖好的房子里。房子看上去就像一座即将倒塌的小破屋。可怜的女孩心都碎了,她为父亲愚蠢的安排而哭泣。但是,作为一个善良的孩子,她还是接受了现实。他们一同走进房子。刚跨进去,她就被眼前的一切吸引了。她发现自己置身于一个华丽的宫殿,里面镶嵌着黄金、珠宝,地上铺着精美的地毯,中央摆放着华丽的餐桌和世界上最好的东西。不过,我可要提醒你们,小弟弟比特是个被施了魔法的孩子,魔咒的期限一到,魔法自然就会解除。

当小弟弟比特翻了三个跟头后,谁又能形容出女孩欣喜若狂的样子呢?她面前站着的是一个既英俊又优雅的陌生的年轻人。

他对女孩说:"既然你来到这里,还愿意嫁给我,我身上的魔咒很快就能解除了。但我不得不在畸形的身体里继续生活最后三十天。你一定要记住，不要把这个秘密告诉别人。如果你说出去，就会失去我。"

女孩忠诚地承诺一定会保守秘密，因为她不想因任何事情而失去小弟弟比特。

女孩的妈妈看到她如此幸福，不知道到底发生了什么。她觉得一定有什么秘密，于是就逼女儿告诉她原因。她用各种手段，或者威逼利诱，或者温柔劝导，全都不管用。日子一天天过去，她用尽了各种办法，想从女儿那里知道有什么秘密。

到了第二十九天，女孩仍然不为母亲的花言巧语所动。

第二十九天快结束的时候，她想："只差一天咒语就解除了。如果我把丈夫的秘密告诉母亲，应该没有什么问题了。"于是，她把事情的原委讲给母亲听。

刚说完，比特就出现在她面前。他拿着一个钱袋，对她说："不幸的女人，你毁掉了我们。你已经失去了我，我也失去了你。我必须去一个你找不到的地方，或者你可能找不到我的地方，我必须离开你。不过，我会给你留下一袋钱，钱袋里的钱取之不尽，你要什么都能买得起，你会衣食无忧的。"话音一落，男孩就消失了。

小弟弟比特

年轻的妻子无助地哭泣,哀叹自己的错误。一切都晚了,小弟弟比特消失了,她完全不知道去哪里找。

现在,我们就让她自艾自怜吧。

话说很多年过去了,有两个乞丐在海边散步,一个跛脚,一个眼盲。他们走了很久后,有些饿了。眼盲的从口袋里掏出一块面包皮要啃;但是,跛脚的不小心撞了他的胳膊肘,面包皮掉到了海里。

当眼盲的听到水声,就对跛脚的说:"我们去追回漂到浪花上的面包皮吧。"可是,他们刚动起来,就搅动了海水,面包皮漂得更远了。眼盲的紧紧拽着跛脚的,步履蹒跚地走着。不一会儿,面包被水浸透后,沉入海里。

跛脚的看到面包皮没了,就告诉了眼盲的。眼盲的立即转向跛脚的,责备他弄丢了面包。他们争吵起来,你一言我一语,僵持不下。最后,他们在水中扭打起来。

两人都没注意到水流正在把他们带走。这时,跛脚的突然感到有一束强光晃得他睁不开眼睛。那是一道从一座金碧辉煌的宫殿反射过来的光。光束刺痛了他的双眼,他赶紧用手捂住眼睛,然后抓住眼盲的说:

"兄弟,我看见那边有从未见过的美丽地方,是一座国王或仙女

的宫殿。过来,咱们一块去看看。我们不要害怕,反正本来也是一无所有,快要饿死了。或许,我们能在那里找到些吃的东西。"

"你说得对,"眼盲的答道,"反正我们什么都没有了。走吧,去看看。"

于是,他们回到岸边,向宫殿走去。这是一座用金子和银子建造的宫殿。他们走近时,发现门开着。两人小心翼翼地推开门,悄悄地走进去,里面一个人也没有。宫殿富丽堂皇,令他们目瞪口呆。眼盲的什么也看不见,跛脚的张大嘴惊讶地看着一切。

经过一个又一个房间,他们最终来到一个围着十二把椅子的餐桌旁。桌上摆放着盘子,但没有食物。于是,跛脚的对眼盲的说:"我看到一张有十二把椅子的餐桌,桌子上的盘子都是空的。我们快饿死了,我真希望盘子里有食物啊。"

话音刚落,盘子里就出现了不计其数的美味佳肴。两个饥饿的人没等人邀请,就狼吞虎咽地大吃起来,好像要把一年的食物都补回来。

吃完大餐,就听到一声巨响,他们迅速溜进房间的床下藏起来。接着,他们听到外面有扇动翅膀的声音,有十一只鸽子从窗口飞进来,翻了三个跟头,变成十一位英俊的少年,坐在桌子旁边,桌上的盘子里顿时装满了美味佳肴。

他们边吃边环顾四周,问道:"小弟弟比特呢?"其中一位少年说:"他马上到。他的翅膀受伤了,很快就会回来了。"

不久,第十二只鸽子飞进来,翻了一个跟头,正是英俊的小弟弟比特。他在桌旁坐下,但没有吃东西。因想念自己的妻子,他的眼泪滑落下来。他小声嘀咕着,好像在自言自语,但床下的两个乞丐倒是听得一清二楚。他说:"哦,我多想念妻子啊!我多么希望她能找到这儿,帮我们解除魔咒,变回人形。"

吃完饭,小弟弟比特就和另外十一只鸽子一起飞走了。

鸽子们离开后,两个乞丐从床底下爬出来,把桌子上剩下的食物收集在一起,装进袋子里,从另一个门溜出了宫殿。他们发现自己来到一条大路上。他们带着足够吃几个星期的食物,一路上吃吃喝喝,一直来到一座金碧辉煌的建筑物附近。房子周围聚集了一大群人,好像在排队等着干什么。

两个人很好奇,想知道这群人在干什么。于是,他们走上前询问一个看上去像管家的人,想知道到底发生了什么。

那个管家说:"这座房子住着一位好心的女主人,为路上的过客提供食物、住宿、新衣服和浴室。无论谁路过这里,都可以先洗个澡,再穿上一套华丽的衣服,自由自在地在这里住上一晚。不过,女

小弟弟比特

主人有一个条件,就是每位住进来的客人都要给她讲一个故事。"

乞丐们看看自己浑身上下的破烂衣服,急不可待地走进房子,好好洗了个澡,换上女主人送的新衣服,几乎都认不出自己了。然后,他们享用了丰盛的大餐,舒适地过了一夜。第二天一大早,他们被女主人一起叫过来,因为他们一直都是形影不离,谁也离不开谁。他们来到女主人面前,女主人让他们讲一个故事。他们说道:"毫无疑问,我们在乞讨生涯中听说过很多故事,只不过都忘了。"

"没有故事,那能不能说说你们的历险记?"

女主人刚一提到历险,两个乞丐马上想起了宫殿遇到的十二只鸽子。于是,他们给女主人讲述了整个经过:那只叫小弟弟比特的第十二只鸽子如何唉声叹气,如何想念他的妻子,以及如何希望妻子能够帮助他们解除魔咒等等。

女主人听到小弟弟比特的名字,差点从椅子上跳起来。她浑身颤抖,几乎不敢相信自己的耳朵。她恳请两个乞丐重新讲一遍这个奇遇,他们很好奇女主人为何如此激动。

讲完故事,女主人对他们说:"你们记得通往宫殿的路吗,能不能带我去?如果可以,你们以后就会衣食无忧。我会给你们任何想要的东西。"

小弟弟比特

"我们当然认识路,我们这样的流浪汉总是能记住走过的路。记住一切可是件好事,因为流浪汉永远不知道会发生什么事呢。"

一眨眼工夫,女主人一切准备就绪,一行三人出发了。乞丐带路,很快就来到了宫殿。女主人走进宫殿,藏到床下,等待十二只鸽子飞回来。没过多久,十二点的钟声响起来,她听到拍打翅膀的声音,鸽子们一只接一只飞进来,最后飞进来的正是小弟弟比特。只见他们翻了几个跟头,坐下来,开始吃饭。小弟弟比特坐在那里,再次说道:"哦,我真想念我的妻子,希望她来破除魔咒!"

妻子听到他的一番话后,迫不及待地从床下爬出来,冲到他眼前,伸出双臂使劲地搂住他的脖子,拥抱他。

其他兄弟看到眼前发生的一切,都高兴地跳起来。他们知道,邪恶的巫师出于对父王的仇恨而施加在他们身上的魔咒解除了。

他们意识到获得了自由,就告别比特和他的妻子,分别返回自己的家。小弟弟比特带着妻子和两个乞丐也回到了自己的家。

当瓦匠和木匠看到像王子和公主一样的小弟弟比特和他的妻子时,高兴极了。

后来,他们幸福地生活在一起;如果他们还活着,相信小弟弟比特和他的新娘的故事会一直流传下去。

角挂丝质吊床的雄鹿

很久很久以前,有一个鳏夫,他的妻子在生下儿子佛洛里和女儿佛洛瑞思卡后就去世了。那时候,男人再娶是很常见的事情。他再婚的第二个妻子没有孩子,但她厌恶男人前妻的孩子,就想方设法折磨这两个孩子。日子就这样过去,直到有一天,恶毒的女人对男人说:

"要么你把他们两个带到森林里抛弃,要么就和我分开。"

起初,男人没有听从女人的建议。后来,他发现没有一天好日子过,就决定狠下心把孩子们带走。

他提前准备好一个大蛋糕,然后在一个早上,告诉孩子们准备好和他一起去森林。他走在前面,孩子们跟在他身后。离开家以前,

佛洛瑞思卡在壁炉前取了一些炉灰。她一边走一边沿途撒着炉灰，以防找不到回家的路。因为女儿走在后面，男人没有发现女儿所做的一切。过了一会儿，他们就走进了森林。父亲生起一堆火，告诉孩子们

角挂丝质吊床的雄鹿

他去抓一些鸟回来烤着吃,然后再一起回家。但事实上,他却沿着另外一条路溜回了家,把孩子们抛弃在森林里。

孩子们等了很久也没看到父亲回来,因为他不可能回来了。孩子们吃了蛋糕后,就靠着火堆睡着了。

第二天早上,他们醒过来,本想沿着头一天女孩撒了炉灰的路线回家。无奈,炉灰已经被风吹散了,他们找不到回家的路了。

男孩让女孩拔下一些头发丝,因为女孩的头发又长又结实。男孩需要用她的头发丝制作射鸟的弹弓。

一天,他们正走在路上,男孩感到有些口渴。于是,他们来到一个池塘边,但那里四处都是狼的爪印,是个狼群喝水的池塘。女孩不让男孩喝里面的水,因为男孩一旦喝了这里的水,就会变成狼,把女孩撕碎。男孩说:"我快要渴死了。"不过,他还是没有喝这里的水。他们又来到一个熊喝水的池塘,黑熊的脚印清晰可见。男孩刚想喝水,妹妹又阻止了他。她说:"你会变成黑熊,撕碎我的。"男孩叹了口气,兄妹两个继续赶路。当他们经过了狐狸池塘和野猪池塘时,男孩已经口干舌燥,无法坚持下去。但每次他想喝水,妹妹都阻止他,他只好放弃。

最后,他们来到鹿群喝水的池塘。男孩对妹妹说他不想走了,

角挂丝质吊床的雄鹿

他筋疲力尽,就快渴死了。可妹妹仍然恳请哥哥不要喝这里的水,她认为如果哥哥喝了这里的水,就会变成雄鹿,用鹿角顶她。因此,她再次阻止哥哥喝水,哥哥没有喝到水,无奈只能放弃。他们休息了一会儿,继续赶路。

后来,男孩再也受不了了,就开始想办法避开妹妹,偷偷找水喝。于是,再次启程赶路之前,他故意把小刀扔在地上。走着走着,他假装小刀丢了,对妹妹说:"我必须回到刚才休息的池塘边,我的小刀一定是掉在那儿了。"说着,他赶紧往回跑,去捡小刀,顺便弯腰喝了一口池塘里的水。

刚喝上一口,他就变成了一头长着鹿角的雄鹿,鹿角上还挂了一个丝绸吊床。

当他回到妹妹身边,妹妹吓坏了,急忙跑开。不过,他还是追上了妹

妹，用鹿角把她放到吊床上，带着她走了。

当时，有一位刚刚继承王位的年轻国王在森林里打猎。他发现了那只鹿角上挂着吊床的雄鹿。于是，他立刻追赶，并吩咐手下的猎人包围雄鹿，命令大家不要伤害他。猎人们开始围堵雄鹿，活捉了他。

当国王发现吊床里还有个人时，把女孩从里面拉出来。国王的目光落在女孩的身上，他从未见过如此美丽的女孩。于是，他立刻把女孩和雄鹿带回王宫。议员和大臣们看到如此美貌的女子，都惊叹不已。国王宣布要迎娶女孩，全国上下欢呼雀跃，因为没人见过如此美貌的女子做他们年轻的王后。

王宫的人把雄鹿送到王宫后面的大花园里，花园的中央是一个甜牛奶喷泉。雄鹿在鲜花和绿草中悠闲地散步，自娱自乐。尽管他很开心地看到国王满足了妹妹所有的愿望，让她成为最幸福的王后，但他仍然为失去人形而悲伤不已。国王为了更好地照顾心爱的王后，召集了世界各地不计其数的男女奴仆。

在所有仆人中，有一个吉卜赛女孩和王后长得非常相像，除了衣着打扮，没人分得清她们。吉卜赛女孩非常嫉妒女王，想等待时机取代她的位置。

有一天，吉卜赛女仆陪同王后去花园看望雄鹿哥哥。走了一段路，女王有点累，就把头靠在吉卜赛女仆的膝盖上休息。她让女仆轻轻地抚摸她的头发，帮她尽快入睡。女仆照她的吩咐做了，王后不久就进入了梦乡。

这正是吉卜赛女孩期待已久的时机。她拿出事先备好的魔针，插在女王的头发上。只要这根魔针插进女王的头发，她就永远不会醒过来。然后，女仆脱下王后的衣服，穿在自己身上，把王后抬起来扔进甜牛奶喷泉里。此后，她大摇大摆回到宫殿，没人发现有什么变化。大家都以为她是真王后，就连国王也没有察觉任何不同，把她当作自己的王后。

吉卜赛女仆预感：早晚有一天，看到她所作所为的雄鹿会向国王告密，揭穿她。于是，她整日想着如何除掉这头雄鹿。

一天，她对国王说："我那看头可怜的雄鹿一定是病了，看起来一天比一天虚弱。我们最

角挂丝质吊床的雄鹿

好早点帮他结束生命,让他告别痛苦。"

国王不知道雄鹿是真王后的哥哥,就同意了假王后的建议,命人杀掉雄鹿,用鹿肉做晚餐。国王的奴仆来到花园去抓雄鹿,雄鹿知道他们的目的,夺路而逃,还一头跳进甜牛奶喷泉。

国王得知雄鹿跳进喷泉,吩咐随从把他拉出来,并亲自前来查看。然而,当雄鹿跳进喷泉的一刻,魔咒解除了,雄鹿恢复了人形。

国王和仆人们是多么困惑、震惊啊!他们原本以为拖出的是一头雄鹿,没想到一直喂养的是个英俊的少年。国王很震惊,询问他是谁,怎么来到这里的。年轻人就从头到尾把他和妹妹的经历告知了国王,接着补充道:他的妹妹,国王真正的妻子此刻正躺在喷泉里,以及王后是如何被吉卜赛女仆推下喷泉,吉卜赛女仆又是如何替代王后的。

国王听完佛洛瑞思卡的故事,立即命人到喷泉底救出王后。尽管救出来的王后看起来已经死了,但容颜依旧,没有任何变化。事实上,国王不知道,王后只是被魔针催眠了。

国王救出王后,以为她真的死了,伤心欲绝,命令仆人厚葬王后。邻国的国王们都被邀请前来参加葬礼,宫殿里萦绕着悲伤的气氛。葬礼那天,拉棺材的马匹在路上不小心被绊了一下,棺材一晃,王后头发上的魔针被震下来,她苏醒了。

当人们看到王后从棺材里站起来时,惊恐万分。起初,他们不相信王后还活着,很快大家就明白发生的一切,开心地簇拥着王后回到王宫。

假王后被带到国王面前领罪。尽管王后仁慈善良,宽恕了女仆,但国王还是决定严惩不贷,让她遭受了应有的惩罚。

变回了人形的哥哥和国王、王后幸福地生活在一起。要知道,他们现在可能还活着呢!

没胡子和红头发

很久以前,魔鬼头子斯科拉奥茨基一直想着如何再次捉弄人类。很长时间以来,他都没做过什么取悦自己的事了。如今,他想着应该让人类付出点代价让自己高兴高兴。于是,他击了三掌,立刻跑出来一个黝黑发亮的小魔鬼,个头儿有拳头那么大,但却长了一根三尺长的尾巴,眼睛在头顶上滴溜溜乱转。小鬼行礼后,问道:"尊贵的陛下,您有什么吩咐?"

"快去,把大大小小的魔鬼都叫过来,我想捉弄一下人类,高兴高兴,我在绞尽脑汁想怎么做。把他们都叫来,我们一起商量一下,看看大家有什么好主意。"

"马上去办。"小鬼米卡杜萨答应一声就消失了。不久以后,这里

没胡子和红头发

就挤满了不计其数的魔鬼。魔鬼们一个接一个赶来,向斯科拉奥茨基鞠躬、跪拜,然后落座。魔鬼头子手拿鞭子坐在宝座上。不一会儿,小魔鬼米卡杜萨出来禀告:"都到齐了,陛下。"于是,斯科拉奥茨基挨个儿询问他们有什么嘲弄人类的好主意,他想找点可笑的好点子。但是,任凭他们一个个捶胸顿足,想破脑袋,也没一个能想出让斯科拉奥茨基满意的主意。

讨论结束,斯科拉奥茨基勃然大怒,他从宝座上跳起来,挥舞手中的鞭子斥责这些手下。这时,小魔鬼米卡杜萨说:"陛下,等一下,我还没说呢。"

"你这个小东西能有什么好主意?这么多大魔鬼都想不出来!"

"等一下,陛下,听我说完。"

"好吧,听听你说些什么。"

"我建议邀请人类参加一场盛宴。"

"什么?"斯科拉奥茨基怒斥道,

没胡子和红头发

"你在捉弄我吗,这个小东西?我想捉弄人类,你却让我邀请他们吃大餐。"

"别急,让我把话说完,您就知道了。我们邀请他们来参加盛宴,用最丰盛的菜肴布置餐桌,只给他们提供一尺半长的勺子。但是有一点,我们绝对不能邀请没胡子和红头发那两个人,他们两个太聪明了。"斯科拉奥茨基听了小鬼的建议后,哈哈大笑。他当然知道,用那么长的勺子根本没办法吃饭。坐在一旁看着人类拿着大长勺子吃不到食物的狼狈相真是太搞笑了。

于是,他们开始准备盛宴,并邀请人类赴宴。人们纷纷赶来赴约。当他们看到满桌子的美味佳肴时,都很开心。但他们发现只有一尺半长的大勺子用来吃饭,马上变得垂头丧气。这可怎么吃啊!

魔鬼们透过窗户和墙缝窃喜人类的窘相,高兴得手舞足蹈。

但是斯科拉奥茨基怎么也笑不起来,因为他看到没胡子和红头发不请自来了。原来,他们两个看到人们都朝一个方向走去,就跟着大家来到宴会上。他们两个手挽手,看着发生的一切。

"你们为什么不吃啊,善良的人们?"他们问道。

"这么长的勺子怎么吃啊?"大家答道。

"真笨,来看看我们怎么做到的。"他们说着,两人分别在桌子

没胡子和红头发

两端坐下来。没胡子对红头发说:"你用勺子盛满肉递过来喂我,我盛满食物喂你。你们这些笨蛋学着我们的样子互相喂食不就行了吗?"

人们听到这番话,纷纷效仿他们,很快就把食物吃个精光。现在,只剩下尴尬的魔鬼们,躲在一旁哑口无言。现在,魔鬼头子的鞭子只能用在自己人身上了。盛宴之后,斯科拉奥茨基就成了人类的笑柄。

勇士米歇尔

勇士米歇尔出身高贵，但他父母去世后，家里的亲戚为了霸占财产，把他赶出家门。于是，他流落到一个小村子里，和那里的孩子们一起玩耍，并努力赚钱养活自己。人们把他当成孤儿，经常施舍一些东西给他。

长大后，米歇尔就和一个牧羊人一起上山放羊。

一天，他在田野间游荡，看到前面有座山，就爬了上去。来到山顶，俯瞰整个山谷，他看到了从未见过的景色。他朝山谷下面望去，你猜他看到了什么？他看到十二条蛇聚集在一起，围成一圈，头挨着头，发出嘶嘶的声音，吐出可怕的蛇芯子。它们嘴里吐出的白沫汇聚到一起，就像一座小山丘。

看到这里，他想起村子里的老人们曾经说过：每年蛇会聚集起来，用吐出的泡沫做成一颗珍珠。不管是谁，只要他能够从最大的那条蛇尾巴上获取那颗神奇的珍珠，就能变得异常强大勇猛，梦想成真。

因此，当米歇尔看到蛇群在制造珍珠时，就开始琢磨着如何能够得到那颗珍珠。但他意识到自己离蛇群实在太远了，怎么可能靠近它们呢？于是，他只好沮丧地坐在地上，等待有什么奇迹发生。

这时，他看到远处飞来一只乌鸦，刚好落在他的肩膀上，把他吓了一跳。然而，没过多久，乌鸦就离开他的肩膀，冲进山谷，飞快地叼起珍珠冲向半空中。

当米歇尔看到这一切，他知道机会来了。他相信，总有一天他会变得强大勇猛。于是，他把一切抛在脑后，毫不犹豫地跟着乌鸦飞行的方向奔跑起来。一路穿越高山、峡谷、森林、山丘，经过无数的村庄、小镇和河流，一直来到一座名叫君士坦丁堡的城镇门口。乌鸦突然停下来，把珍珠扔下去，正好落在米歇尔的脚边。米歇尔捡起珍珠揣进怀里。

这时，苏丹国王坐着六匹马拉的马车经过这里。当他看到这个年轻的小伙子时，认出他是罗马尼亚人。于是，苏丹命令随从把他带

进王宫。他看出来这个男孩非常聪明,决定收养他。他确信男孩长大后,可以在战时助他一臂之力。

米歇尔在苏丹的王宫里一直生活到二十三岁,长得越来越高大强壮,最后长成一个巨人。他的眼睛有三个手掌那么宽,他的帽子需要用三张熊皮制作,他的外套需要消耗三十只羊皮,他的盔甲和佩剑重达三百磅。

在他二十三岁那年,他怀念起了自己的家乡,想起那些残忍凶狠的亲戚是如何虐待他,并抢走了他的全部财产;想起他们如何把他赶出家门,以及如何剥削穷苦的人们。他想回去复仇,解救水深火热的国家和人民。于是,他决定离开君士坦丁堡,回到自己的国家。

他知道苏丹的马厩里有一匹神马。于是,他在一个夜晚偷偷地牵走了神马,一路飞奔,神不知鬼不觉地踏上回家的路途。回到家乡,他铲除了那些残害人民的达官显贵,赶走了那些抢夺他财产的亲戚,得以报仇雪恨。此后,他陆续打败七个国家,当政七年,建造了七座修道院,名垂千古。他成了罗马尼亚国家最强大的统治者,并把罗马尼亚各族人民团结在一起。

正是那颗神奇的珍珠赐予他如此伟大的力量,让他获得殊荣。

萤火虫、天使与少女的传说

　　当上帝创造了世界万物，人类就开始繁衍生息，于是，就有了城镇、村庄和花园、田野。有一天，一群天使来到上帝面前说："哦，主啊，请允许我们去看看那个遥远的世界吧。请赐予我们您的仁慈之心，让我们去到那里仔细看看它的样子。"

　　上帝仁慈地答应了他们的请求，尽管他知道接下来要发生什么。天使们来到人间，混在男男女女中游荡，很开心能看到这一切。过了一段时间，上帝来到他们面前说，是时候回去了。天使们聚集在一起开心地返回天堂。但有一位天使不但没有分享喜悦，反而独自悲伤。

　　回到天堂，上帝询问每一位天使的见闻。有一位天使告诉上帝

萤火虫、天使与少女的传说

自己嗅到的花朵和花香，另一位天使告诉上帝看到了什么水果，第三位天使讲述了鸟的歌声。每位天使都讲述了一个愉快的故事。当轮到那位悲伤的天使时，上帝问他有什么可说的，并问他是否和其他天使一样想回到天堂。于是，那个天使说他不想回来，他更愿意留在人间。善良的上帝问他，为什么如此悲伤，为什么宁愿留在人间也不愿意回到天堂？天使犹豫了一下说，他在遥远的地方看到一个女孩，她的眼睛就像天空一样湛蓝，他不想离开她。上帝问他那个女孩是谁，天使回答，是一个在山上放羊的牧羊女。上帝又问天使是否和她说过话，得到了肯定的回答。上帝最后问天使都说了些什么，天使说，我宁愿放弃天使的身份，也不想离开她。

一番对话后，年轻的上帝突然间变得苍老而疲惫，他注视了一会儿那个天使，带着其他天使安静地离开了。当他们到达天堂的大门口时，上帝说："你们不能再回到天堂了。你们带回了人间的气息，这是不能被其他一众天使知道的。既然你们喜欢人间，那就留下吧。"说着，上帝就把这些天使变成了漫天星斗，把他们散落在天空，让他们日夜快乐地俯瞰人间。

然而，那个想回到人间的天使没有化作快乐闪烁的星星，而是变成一颗火红的星星，愤怒地看着其他

星星。

　　上帝担心他们之间挑起事端，就把这颗红色的星星降落到牧羊女所在的那片草地上。整个草场火花飞溅。

　　这些天上飘落的火花从未熄灭过。你看，萤火虫正带着它们四处游荡呢。

大天使加百利和修道士

很久以前,上帝召唤大天使加百利,并对他说:"你降临人间,去一个寡妇家里,把她的灵魂带回来给我。"大天使遵照上帝的命令,降临人间,来到了寡妇家里。他看到那个寡妇躺在床上,家徒四壁,身边还有两个孩子。看到眼前的一切,他同情地自言自语道:"如果我带走了这个女人,谁来照顾那两个孩子?他们一定会被饿死的。"于是,他违背了上帝的旨意,离开寡妇的家,空手而归。

回到天堂,上帝问他:"你带回那个寡妇的灵魂了吗?"

"哦,主啊,"他回答,"我看到她处境悲惨。如果我夺走她的灵魂,那两个孩子就会饿死。我很同情他们,所以就让她活下去了。"

上帝说:"跳入海底,把海底的石头带回来。"大天使遵照上帝的

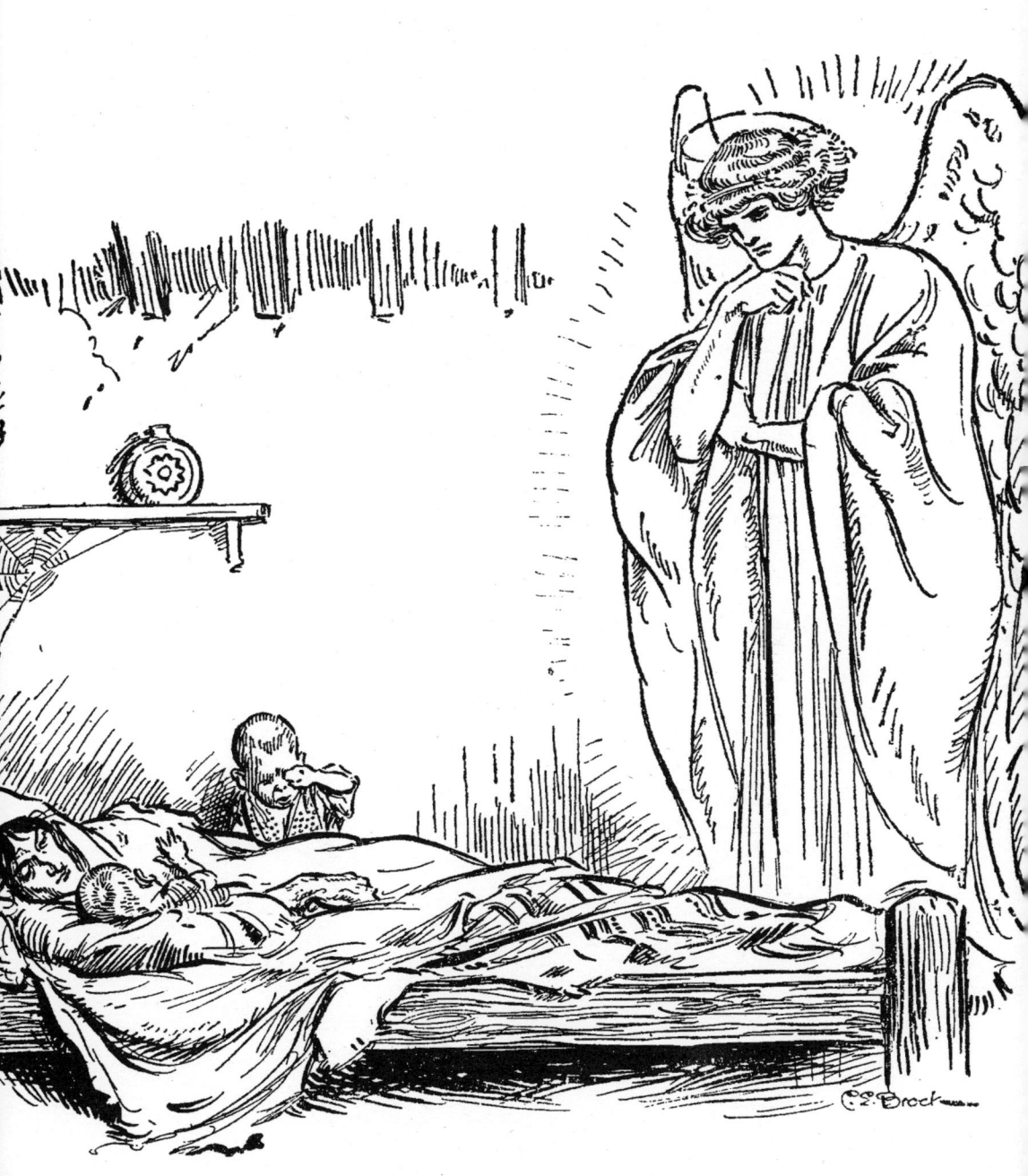

命令迅速跳入海里。他潜入海底，捡起上帝要的那块石头，然后回到上帝面前。上帝说："把石头劈开。"大天使劈开了石头，发现里面有两只小虫子。

"谁在海底的石头缝里养了两只虫子？"上帝看着大天使问道。

"是您的爱和慈悲之心。"大天使谦恭地答道。

"既然我的爱和慈悲可以养活这两只幼虫，你还要担心我会抛弃那两个孤儿吗？你不该质疑我的旨意。作为惩罚，你要回到人间，去修道院里，照顾修道院院长三十年。三十年后，带着他的灵魂回来见我。"

来到修道院，大天使加百利安静勤奋地工作，小心谨慎地执行一切命令，但就是没人见他笑过。三十年期限就快到了，有一天，院长让他和另外一个修道士去邻近的小镇采购食物。正走在路上，加百利看到有人从树丛里偷了一个陶罐，他笑起来。

同行的伙伴很奇怪地看着他，这是第一次看到加百利笑。之后，他们继续赶路，路上又遇到一个算命的人。大天使又笑起来，同伴更加惊讶。他们继续向前走着。这时，他们听到一个男子订了一双可以穿七年的靴子。加百利又笑了，这让同伴越来越困惑。三十年来，大天使从没笑过，可如今在一天之内，他不停地笑，已经笑了不

止两次了。

最后，他们遇到了一个婚礼队伍，大天使却大哭起来。来到小镇，他们被一辆马车拦住去路。马车上坐着总督和主教，大天使大惊失色。

大天使的言行让同伴困惑不已。回到修道院，同伴把大天使的行为报告了院长。院长非常好奇，他把加百利叫过来问："我的孩子，你为我们勤勤恳恳奉献了三十年。三十年来，你一直很听话、谦恭，但总是愁眉不展，从来没见你笑过。你今天是怎么了？"

"尊敬的神父，"大天使答道，"我会告诉您原因的。当我看到有人偷罐子，我想人就是黏土做的，还要偷黏土，我笑了；当我看到有人算命，我看到他背后就有个宝藏，他都不知道，我笑了；当我看到有人想买穿七年的靴子，但我看到他只剩七天的寿命时，我笑了；当我看到婚礼队伍时，我知道新郎活不了几天，欢乐很快就会戛然而止，我忍不住哭了；一进城，我就大吃一惊，因为我看到马车里的两个人正是寡妇的两个孩子。"

"但是，我的孩子，你是怎么知道这些的？"

于是，大天使把整个过程讲给院长听，然后说道："我尊敬的神父，我还要告诉您一个秘密。我并不是人间的凡人，我是上帝派来照

顾您三十年的大天使加百利。因为质疑上帝的爱和慈悲，违抗了上帝的命令，我被罚来到人间三十年，然后带上您的灵魂才能回到天堂。现在就剩三天了，准备好吧！"

当院长听到这些话，立刻做好准备离开人间。三天期限到了，加百利带着院长的灵魂回到天堂，天使们列队迎接，赞美永恒的爱与慈悲。

乌鸦和布谷鸟

很久很久以前,有一个精通野兽和鸟类语言的人,能听懂一切生灵的语言。

看着生灵之间的冲突、争执、不满和争斗,他心情沉重,变得越来越冷漠,直到后来对一切都漠不关心。到处充斥的痛苦和悲怆,让他忘记了笑。

但他是个富有的人,拥有大片的田地。早春的一天,他雇佣一群人和他一起耕地。来耕地的人很多,有年轻人也有老年人,他们愉快地日出而作。到了中午时分,他们卸下牛车,坐下来吃饭休息。午饭是用玉米和奶酪混合在一起做的玉米糕。

吃完饭后,几个老人坐在靠近田地的树荫下休息,年轻人则在

罗马尼亚神话与传说

田地的另一头自娱自乐。饭后的田间地头到处撒着玉米糕屑和奶酪，一群乌鸦呱呱叫着，飞过来拣食地上的碎屑。这时，一只布谷鸟也飞过来，站在树篱上唱歌。人们看到乌鸦成群飞过来拣食物，就拿起土块和石头扔过去；与此同时，他们继续享受着布谷鸟婉转优美的歌声。

田地的主人笑起来，大家很惊讶地问他："是什么让你笑了啊？"

"没什么。"他回答。

"但我们以前从没见你笑过啊。"大家又说。

"没关系,如果你们想知道,我会告诉你们的。我是因你们的愚蠢而笑。你们知道那群乌鸦在说什么吗?它们呱呱叫着祝福你们呢,它们说:'愿上帝赐予这些人健康,愿他们繁衍生息,耕种土地,播撒种子,收获丰盈,给我们留下一些吃的,让我们活下去。'而你们又知道那只布谷鸟在唱什么吗?它唱道:'愿疾病降临人间,愿死亡毁灭人类,让田地荒芜,我才能自由地消遣,享受生活,不用再担心被人类屠杀。'"

"可你们这些愚蠢的人啊,就因为你们不喜欢乌鸦呱呱的叫声,只愿意听到甜美的歌声;你们把石头投向祝福你们的人,却把欢乐带给诅咒你们的人。你们和其他人一样,容易被假象迷惑。现在,你们知道我为什么笑了吧。"

鹧鸪鸟、狐狸和猎狗的故事

从前,有一只烦恼的鹧鸪鸟,它和世上万物一样无可奈何。它最近的烦心事是无法安静地孵化幼鸟,因为狐狸总是跑来骚扰。狐狸一旦发现鹧鸪要孵化幼鸟,就会在尾巴上系一根荆棘,拖在地上,在鹧鸪巢穴附近假装耕地。

然后,狐狸就对鹧鸪鸟说:"你怎么敢擅自闯进我的领地!要么你走开,要么我就吃掉你。"

鹧鸪鸟害怕地跑开,狐狸就一口气吃掉了它所有的鸟蛋。

一晃三年过去了。第四个年头,鹧鸪鸟又生下很多鸟蛋,因为担心狐狸又来吃鸟蛋,它就伤心地哭起来。这时,碰巧来了一只猎狗。

猎狗问："我的朋友，发生什么了？你为什么要哭啊？为什么这么悲伤？"

"哦，我遇到了麻烦。"可怜的鹧鸪鸟说道。

猎狗同情地问道："到底发生什么事了？"

"亲爱的朋友，你想知道发生了什么吗？多年来，我一直努力孵化我的幼鸟，可是狐狸总是拖着荆棘跑过来说土地是它的，然后就说：'你怎么敢在我的领地孵化幼鸟？走开，不然我吃掉你。'我很害怕，就逃走了。于是，狐狸吃掉了我的孩子。"

鹧鸪鸟说到这里，绝望地看着猎狗。它想知道猎狗是否能为它做点什么。没人预料何时会有雪中送炭降临到自己头上。此刻，幸运正降临到鹧鸪鸟的头上。

猎狗一直坐在那里，半耷拉着耳朵，倾听鹧鸪鸟的哭诉。突然，它摇着头说：

"这就是你的困扰吗？"

"是的，就是这件事一直困扰着我。"

"好吧，如果是这样，我和你一起过去，或许我能帮你解决这个困扰。"

于是，猎狗和鹧鸪鸟一起回到鸟巢。猎狗蹲在灌木丛后面，等

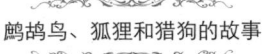

鹧鸪鸟、狐狸和猎狗的故事

待狐狸的到来。没多久，狐狸拖着拴着荆棘的尾巴跑过来。

"你这只鹧鸪鸟，又来入侵我的领地？"

狐狸还没来得及宣布它的领土，猎狗就从灌木丛里冲过来。狐狸见状，撒腿就跑。

不管猎狗是不是要追狐狸，我都相信，此刻，狐狸跑得要多快就有多快，跑过的路上尘土飞扬。它拼命跑回自己的巢穴，深深地藏到洞穴中，庆幸自己终于从猎狗锋利的

牙齿下逃了出来。

猎狗没有抓到狐狸,非常懊恼,就蹲在狐狸洞口,目不转睛地等待狐狸再次出现。但是一切都是徒劳,狐狸为了安全起见,一直不敢走出洞外。不久,它就觉得无事可做,开始自言自语。

"我是聪明的狐狸!我知道如何保护自己,我知道如何从猎狗的眼皮子底下逃出来。现在,让我问问你,我的眼睛:'猎狗追我的时候,你在干吗啊?'"

"我们吗?我们左右观察,看看哪条路才是安全的,应该藏在哪里。"

"亲爱的眼睛,"狐狸心满意足地说着,用爪子轻轻抚摸着双眼,"现在,让我问问我的前腿:'猎狗追我的时候,你们在干什么?'"

"我们吗?我们尽可能快地跑到安全的地方去。"

"很好,亲爱的前腿。"狐狸亲吻着它的前腿,爱抚着它们。

然后它问后腿:"猎狗追我的时候,你们在干什么?"

"我们吗?我们扬起尘土,让猎狗迷失方向,跟不上

我们。"

"亲爱的后腿,"狐狸用舌头舔着后腿说,"你们一向如此。"

后来,狐狸无事可做,就说:"现在,我必须问问我的尾巴,你那时在干什么?"

"我吗?我左右摇摆,让它抓不到你。要不是腿跑得快,我们恐怕再也看不到太阳了呢。"

"这么说,你什么都没做?在我被追赶的时候,你什么都不做,就是我的敌人。要不是我的眼睛和腿,我们活不到明天。现在,你给我滚开,不要再跟着我和我的眼睛。"

说着,狐狸转身就把尾巴伸出洞外。

外面的猎狗正等待时机。它一看到狐狸尾巴露出来,就扑上去,狠狠地咬住它,使劲把狐狸的尾巴和身体一起拽出洞穴。

狐狸完蛋了。

狐狸虽然聪明,但是有句老话说得好:"很多事情都坏在一张嘴上。"从那以后,鹧鸪鸟无忧无虑地养育着它的幼鸟,而狐狸们再也不敢在尾巴上拴荆棘了。